OneBook

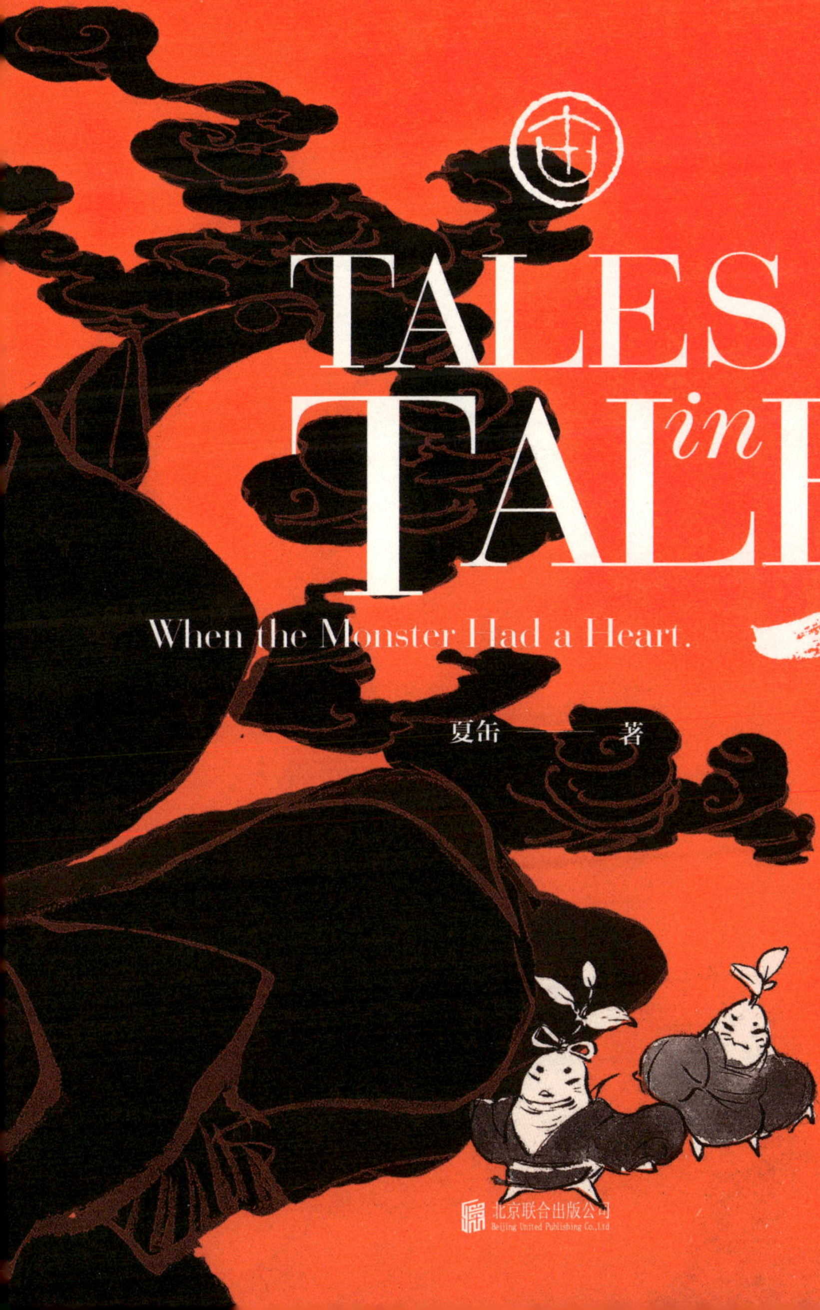

TALES in TALE

When the Monster Had a Heart.

夏缶——著

北京联合出版公司
Beijing United Publishing Co.,Ltd

目录

寅时五更

目录

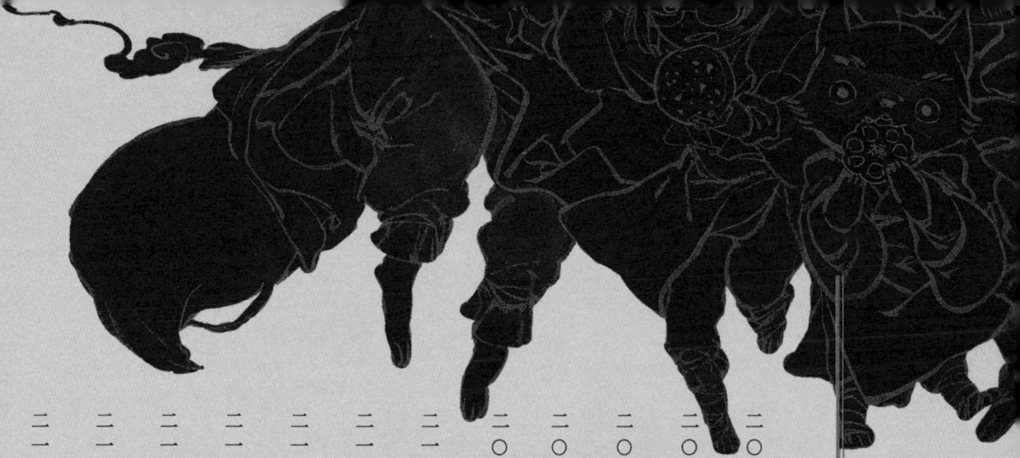

目录

里头有点儿挤，自己找铺位。』

『好嘞！』

等这两人欢欢喜喜地跑进船舱里，这才傻了眼。这乌篷船看起来又小又轻，可满舱的乘客或站或坐，或躺或飘在半空中，挨挨挤挤数起来竟有数十位之多。有的拖着尾巴，有的还顶着熊耳朵。

『哎呀！你的头发！』

矮个儿那个大叫起来，瘦高个儿的同伴一进舱就长出来绿乎乎的树叶头发了，惊得他一下没站稳，乒乒乓乓滚出去好几步远。

原来这二位乘客也不是普通人类，竟然是一棵会走路的老桑树和一只咋咋呼呼的瓦缶。

其他人倒是见怪不怪，都在抢铺位。他俩见满舱都是同类，又想起船家说的话，也放下心来，奋力在一头老熊身边抢到了床位。

这便都睡下了。夜还长，一只小仓鼠辗转反侧，终于忍不住从小铺盖里冒出脑袋：『咱们都来讲个故事再睡觉吧？』没想到居然一呼百应，大家伙儿纷纷掀开被窝，开始轮流说起故事来……

夜航船

这一夜正是十四，月亮将圆未圆，像一颗黄澄澄的大柚子落在山与山之间。山下是一条宽且深的大河，夜色中闪着粼粼波光。

此时渡船已经停了，倒有一艘更大些的乌篷船泊在河岸边，船上灯火通明，艄公正在收着供船客踏脚上船的木板。不远处却一前一后跑来两个人，一个矮圆矮圆的跑得飞快，一个瘦长条的被前头那人攥在手里，拉得踉踉跄跄。

『船家！船家！请等一等！』

说话时腿脚不歇，眨眼就奔到了跟前。

原来这是两个赶路人，各自背着包袱，说是从上游的小镇来，想搭船到最近的大城去见识一番。

『可是我们路上花销不少，路费已经所剩不多……已经是夜里了，能给我俩算便宜些吗？』

矮个儿的那人刚要问船票钱，就被瘦长条的拽住了衣袖。船家眯着眼上下打量他们一通，还没开口，就听见船舱里声声催促。

『行吧，』船家猛一使劲，将船从河岸边撑离，『两人两个铜板，

戌时一更……

锔瓷

城西李长兴家的烧饼有两样包心。一种是揉了油酥面，上好的牛肉切精细，出炉后趁热吃，满口鲜香不提，牛油直流到下巴窝。另一种则是在面饼中间刷一层薄厚适中的白糖，贴炉壁烘烤，须得放凉了，等糖浆渗进面皮同白芝麻结成一块韧劲儿十足的壳，就茶吃极有滋味。

张大原本也用盖菜伞扣了两块这样的甜烧饼，不过现下已没有了。

他裹在薄棉春被里，借着从窗缝中挤进屋里来的一汪月光，瞧见一只蓬着黄褐色大尾巴的狐狸蹲在长条凳上，正飞快地啃着他的烧饼。

银集临近淮水的一段支流，靠着古码头聚拢起的往来米商、挑夫、手艺人，渐渐形成一座麻雀似的小城。这里的人，在盐水花生、茶叶梗、一毛三分钱一两的白酒和歇脚挑夫的水烟管里，浸出了一副懒散野性的肚肠，对这些偶尔冒冒失失闯进门的大仙，向来是不怵的。可是张大只顾惋惜那两块烧饼，忘了脚头灌满开水的汤婆子，一蹬腿竟被烫得“哎哟”一声叫唤。

“您醒啦？”

黄狐狸抖抖耳朵，包好剩下的一小块烧饼，塞进肩膀上的褡裢里——它居然还随身担了一条褡裢！

“啊，我就直说吧，我要娶媳妇啦。”

狐狸有些不好意思，毕竟被主人家瞧见偷吃点心了。它轻轻咳嗽一声，又搓搓两爪，微微塌着腰背，冲张大说明来意。

“丈母娘非得让我家给置办一场宴席，就定在后天。时间太紧，家里头旧餐具破损太多，我爹想起来银集老张家的锔瓷手艺，叫我来请您上门帮帮忙。”

说到这里，黄狐狸略微停顿了一下，歪着头，像是在等着张大表态。一双嵌在毛脸上的吊梢眼竟然叫张大看出了些恳切哀求的意味。

唉，张大隔着被褥把汤婆子再往被窝深处埋了埋，躬身从床下掏出装工具的木匣。

“走吧。”

他蹬上布鞋跺跺脚，像是这样能撵走鞋里的寒气似的。黄狐狸接过他手里的匣子，从褡裢里取出一副写着“白云上升”四个字的甲马让张大裹在腿肚儿上，又叫他攥住褡裢，随即低喝一声：“走！”张大鞋底竟腾起数朵云雾来，一人一狐倏忽就没了踪影。

那黄狐狸四爪着地一路飞奔，张大扯着褡裢紧跟在后头，削面劲风裹挟着淮水夜潮带星而来，直把他吹成了一只鼓胀的风筝。他眯着眼，隐约瞧见码头的灯火和城郊的柳树湾被他们甩在了身后，再猛一转弯就晕乎乎地落了地，眼前现出灰砖青瓦的一处院落。

院子的正门口等着一只老狐狸，毛色同领张大来的这只如出一辙。见他落地，急忙忙迎到跟前：“哎哎，后生仔，我原本同你爷爷张匠是打过交道的，这一回事情紧巴巴赶着后脚跟，只有请你们张家人来才能办妥了。”

说着边迎张大转进里间，边唤儿子给递上热茶，小狐狸提着褡裢就往厨房溜，老的突然抽抽鼻子，抬手往儿子头上敲了一记烟袋锅。

推开眼前两扇木门，张大愣在原地走不动道儿了。

瓷器，满眼的瓷器。摞在斗柜上的是青花碟子，墙根处单是白瓷的碗勺就列了一排，再往里，桌上还有四只描山水渔翁纹样的大小汤碗一套，低头一瞧，里头还有只纸鹤在勾画出来的水波图案上踱步。因为底座缺了一块，走两步汤碗就轻轻晃一晃，荡得好像碗底的水色都要漾出来了。张大看着实在稀奇，屈起指节铮铮敲了两下，被纸鹤叨了一口。

“这些全部都拜托您啦！”

小狐狸不知道什么时候也进来了，胳膊下夹着茶盘，递来一碗红糖姜枣茶之后就和它老爹一块儿站在张大面前。两双一模一样的吊梢眼哀哀切切地看着他，毛尾巴来回晃。

唉，他咽下舌根处还微微烧热的姜味，把匣子里的金刚钻和锔钉、小锤等一应工具都取出来。老狐狸稳坐在马扎上，将一只细腰沙漏在斗柜上放好，白沙落，时辰定，汤碗里的纸鹤登时就凝住了。此时月亮将将勾挂在榆树梢头，夜色还长。

张家的锔瓷手艺是祖上从明末那会儿传下来的，讲究稳、准。金刚钻打了眼儿之后一个铜钉敲下去便算一片，没有接错瓷碴儿的道理。只是平时张大都是走街串巷给乡里人修补家用，哪里见过这样多、这样好的瓷器？一时眼里只看得到手上的那块薄胎瓷片，倒是老狐狸，在一旁絮絮叨叨讲起这些杯盘碗盏的来历。

“哎，后生仔，这些宝贝，可都是我家老婆子的嫁妆哩。”

狐狸举起筷子，在装着盐水毛豆的白瓷盆上轻轻敲了敲，像是想起了从前的好故事，胡子一翘一翘的。

“迎她回家那天刚好下小雨，窸窸窣窣，跟有谁在云头上用笸箩细细地筛下来一瓢清水似的。我无父无母，突然就觉得有些不知所措了，站在院子里看着抬进来的几口箱子发愣。她倒笑嘻嘻地跑过来，挑了一只雨过天青色的海碗说要给我下阳春面吃。我就那样傻乎乎地跟在她后头走了，两脚泥忘了磕，满屋都是鞋印子。”

啊呀，阳春面。张大吹吹碗沿上刚涂好的一层薄薄的瓷粉，很为老狐狸的好福气赞叹。小葱花和雨过天青色最相配！他停下来，在布巾上把两指用力地揩了揩，捏起豆荚往嘴里挤了两粒，同老狐狸一起舒畅地咂咂嘴。

“后来有了阿宝，她又卖了那年家里新收的糯米，托人去镇上烧造了一副小碗筷。”

斗柜里登时叮叮当当一通乱响，拉开抽屉，一只大约有张大食指长短的勺子一下子蹿到了桌面上，它像是知道谈论到了自己一样，梗着勺柄向大家展示肚子上画的一只小毛团子。

“阿宝小时候太皮啦，我那一阵子几乎成了张匠的常客，今天补勺把儿，后天就要接壶嘴，回家的时候还得给娘儿俩带一包李长兴的烧饼，去锔瓷倒成了次要的。”

老狐狸用袖口擦擦瓷勺上的浮灰，仍旧把它送进包裹整齐的牛皮纸里。

“可我自小也没在家里见过您啊？这么多缺损的碗碟，怎么就不来修了？”

说这话时张大正低头用细柄小锤顺着一溜舒卷翕张的云纹轻轻敲打，因此错过了老狐狸脸上长久的难过。

“出了点儿事……那会儿世道太乱，我原本想带着他们进山躲躲，没想到阿宝在路上被人抓走了，老婆子也受了伤，六口樟木箱子丢了一半。我一直捂着没说，怕她伤心，唉……”

好像讲了不该讲的话啊。张大窘得耳朵都烧了起来，人间的战火动乱倒让精怪们也跟着遭殃。他抠抠桌腿上的疤瘌，又拿大脚趾顶顶鞋里的粗布补丁，腾地站起来："我……我去给茶壶添水！"

"后生仔？"

提着水吊子绕过葡萄架的时候一个笑盈盈的声音响起来。

"后生仔！"

拨开那蓬丰盈熙攘的叶子，月光和霜色荫蔽的廊檐底下露出一双毛乎乎的耳朵尖，披着夜色和毯子的母狐狸摸索着打开窗户，示意张大将手伸过来。

"我有两只雨过天青色的海碗，如果修补时辰到了，烦劳你在锔钉上给刻上'囍'字吧。"

她抿嘴笑着拍拍他的手臂，看起来俏皮极了："老家伙还想瞒着我呢，我早就知道嫁妆破了，你可别作声啊。这回儿子成亲是喜事，咱们也该把从前的事儿都翻篇啦。"

张大望着她两眼混浊的灰翳，点点头，过了半天才反应过来，又闷闷地答应了一声。

等到沙漏的一头落尽，天就亮了。张大将补齐锔好的瓷盘碗盏悉数码放齐整，仍旧拽着小狐狸的褡裢回家，一路无话。到了家门口，张大接过匣子就要闩上门，却被小狐狸在怀里塞了个包裹。

挖出汤婆子，被窝里还热乎乎的。张大踢了鞋盖住腿，坐在床上翻看狐狸留给他的布包。

是一只雨过天青色的海碗，里头搁着六枚银元，稍微碰一碰，袁大头发出铮铮的轻响，露出碗底刻着"囍"字的铜钉。

啊呀，这只老狐狸。张大用两手郑重地把碗端正地摆在小桌上，心里的酸涩咕嘟嘟地冒上来。

海碗底下还压着什么，他伸手摸出一只油纸包来。好像……有点儿眼熟，他捻出一张浸了油花的字条，老狐狸的一笔烂字横七竖八地躺了满纸：小子无状，特赔上（划掉）酥烧饼两块。

噗，这只老狐狸。张大好笑地摇摇头，揭开已经凉了的油纸包，里头赫然是被掰走了半块的两个不完整的甜烧饼，他登时就想起刚才一路都不曾张嘴的话痨来。

嗤！这只小狐狸！

锔瓷

点睛

遇到画家的时候，正好是黄昏。

小镇上并不算安静，一大群被暮春的花香熏得发晕的蜜蜂在低矮的篱笆间嗡嗡叫。丰沛的雨水使野草都茂盛地生长起来，它们聚在一起窸窸窣窣地讲小话，蹭得阿短脚爪发痒。拨开这些青绿的家伙，就能看见有蚂蚁急匆匆地翻过石块，在青灰的石面上留下一溜细细小小的湿漉漉的脚印。

然而今天这些都不是阿短关心的地方，它一直望着开得甜乎乎的桃花树下站着的男人。

“请问，您也是在等对面的糖炒栗子店开门吗？”

仓鼠阿短的胳膊底下夹着一只麻布口袋，纽扣外头裹着的布料上还绣着一粒饱满的葵花子。

它见男人低下头来，高兴地抖开口袋向他介绍：“这家的伙计从前是在后街澡堂子里烧锅炉的，胳膊可有劲哩，白糖总是裹得又厚又匀还不黏手，吃着香极了！”

阿短把布口袋拢在鼻尖，深吸一口气。它的表情看起来陶醉极了，连肚皮上浅黄色的绒毛都跟着抖一抖。

陌生人被它的神情引得笑出声来。

他轻轻咳嗽一声，伸手掸掸长长的斜襟灰袍的下摆，像是有些不好意思。他蹲下身，接过阿短手里的布袋子。这口袋那样小，刚刚套住他两根手指，但他仍然凑在鼻子底下闻了闻，认真地恭维了一番阿短的好口福。

小仓鼠立时快活起来，短尾巴上的毛轻飘飘的。这个大个子是个好人！喜欢糖炒栗子的，都是好人！它当机立断，决定邀请这位陌生人去自家喝下午茶。

从冰箱里刨出早早冻在里头的蜜橘果冻，再浇一勺今年新熬的槐花果酱，就是极香甜的冰点了。阿短也不藏私，拿家里平时淘澄蒿茶的小盆给客人也盛了冒尖的一份送去。

“我叫阿短，你呢？你是谁呀？”

小仓鼠倚着大个子的小腿，正努力用木勺拍扁一方冰块。毛茸茸的耳朵上落了一只嗡嗡叫的蜂子，它也无暇去赶，只是扑棱扑棱脑袋权当逐客。

男人看着看着又笑起来，他拿阿短借他挖果冻的水瓢敲开仓鼠碗里的碎冰，吮着上面的槐花酱说：“我叫马良，画画的。嗯……就是画什么活什么的那个人。”

噫，这人衣料挺好看的，在树荫底下看还清粼粼绣着水波纹，沾了冰碴子也看不出……嗯，名字也好听……啊？

“马良？神笔马良？！”

阿短猛地反应过来，举着一勺碎果冻停在空中忘了吃，汁水淋漓地淌到胳膊肘时才想起来，又忙不迭伸舌头去舔，慌慌张张半天才放下手里的盘碗说话。

“仙人！你是仙人吗？我……我可不可以拿两兜蒿茶和两包果干，跟你换一张每天都能生出一颗大板栗的包袱皮？”

小仓鼠看着马良皱起来的眉头，声音渐渐低了下去，但它还是用小爪子有些不死心地抠了抠马良的裤缝：“再贵我也买不起啦，只要每天一个大板栗……也不行吗？”

“唉！”马良叹了口气，用一只手把阿短捞了起来，安置在自己膝头上坐好，然后从袖管里滑出一支细短的毛笔在小仓鼠的鼻尖前竖着。

“你瞧瞧，阿短，这就是我的笔啦。不是不给你画，是画不了呀。”

那是非常小的一支笔，看起来比阿短也高不了多少，笔杆也不知道是什么材质，黄昏的夕照落在上头，乌沉沉浮着一层碎星子似的。可是笔头的毛像被谁粗暴地薅走了，只剩下参差不齐的一茬支棱着，勉强能被认作是毛笔。

“月前去瑶池写生的时候喝了点儿桃花酿，撑不住打了个盹儿。等我醒了酒，神笔……已经被池子里的鲤鱼啃秃了，这笔气性又大，怪我没有看顾好它，怎么也不肯让我拿毛给它续上，去求了狼王的颈毛也都作了废。再多画两笔，就两笔，我就和街上那些给路人画画的手艺人，没什么两样啦。”

阿短听得愣住了。桃花酿、瑶池、狼王，这些好像只在连环画里出现过的词儿都离它远极了。它扶着马良的手指头傻乎乎地瞪着这支坏脾气的秃头毛笔，感觉自己的胡须被轻轻绕着打了个卷儿又弹回脸上。噫，这笔还作弄我！

哼。小仓鼠顺着马良的裤管滑下来，嗒嗒嗒嗒跑进屋里，不一会儿举着一个瓦楞纸盒又跑回来。

“马良，马良，你看看这个！”

它一双黑溜溜的小豆眼看起来亮亮的，踮着脚使劲把那纸盒递到男人手边。之后仓鼠被连盒子带自己挪到了马良的膝盖上。

“你看看，你快看！”

阿短看起来得意极了，胖乎乎的脸上又显出向他介绍糖炒栗子时的那种快活神色。马良打开了瓦楞纸盒，里头放着的，是一本用桑树皮装订起来的画册。

这是一本怎样的画册啊，马良一面细细翻看，一面为了那满纸的小仓鼠的故事默默地惊叹着。阿短学会自己嗑瓜子了；阿短今天拿着两角钱去买苹果汽水喝，绊了跟头摔了瓶子呜呜哭；阿短算术只得了十分，自己添了一个零回家给妈妈看……

马良直翻到小毛球长成了圆圆鼓鼓的大团子，在最后一页纸找到了一张画像——歪戴着渔夫帽的老仓鼠架着玳瑁眼镜在灯下看书。

“这张是我自己画的……它是我爸爸呀。”小仓鼠缩在马良的领口小声说，“我爸爸就是在街上给人家画画像的，它管自己叫草头画家。可是它画得那么好，谁敢说它不配呢？马良呀，不能画龙点睛的也是画家，你……你……不要怕嘛。”

“那你怎么不给这张画画上眼睛呢？”

马良把画册收进纸盒里放好，腾出手来扶住阿短毛茸茸的肥屁股，不让它从口袋里掉出去。

“我……我画不出爸爸的眼神啊……”

阿短抱住来搔它痒痒的神笔蹭蹭，继续睡着了。马良拿拇指揩了揩它的脸颊，啧，做梦还哭鼻子。

真是叫人没办法啊。

第二天，阿短哈欠连天地穿着一条柠檬黄的背带裤来送马良。它紧紧捂着裤腰，好像生怕清晨的风把裤子吹得鼓起来似的，连马良捏它的小耳朵都没有感觉到。

“我回天庭去啦，阿短。谢谢你给我看画册，欠你的能变出大板栗的包袱皮，有机会一定给你画。只要……神笔别再闹脾气。”

“赶紧走赶紧走。”

小仓鼠看起来好不耐烦，它捂着屁股爬上马良的肩膀，亲了他的下巴一口，随即一骨碌就滚到了草地上。

“等秋天我做栗粉糕你再来吧，现在快走啦！”

马良莫名其妙地摸摸自己的鼻子，跟阿短挥挥手就踏上云头直往南天去了。唉……在街上卖手艺就卖吧，各有缘法。他习惯性地摸了摸袖口里的神笔，却碰到了一簇蓬松的软毛。

嗯？

神笔在袖管里埋伏了这许久，再也憋不住了，一个跟头翻到马良眼前，迎着九天上凛凛劲风得意地向他展示自己那一头短茸茸的新毛。

我昨晚明明把最后的笔毛用了啊？马良看着神气活现的毛笔，忽然想起来捂着屁股的阿短。噗，这是、这是小仓鼠的毛！

再说那屁股光溜溜只能靠背带裤遮掩的阿短，送走马良后就一溜烟跑进了自己屋里。正撅腚翻找自己到底有几条小裤子够穿呢，忽然被一声熟悉的咳嗽惊得愣在了原地。

“笨小子，又把家里弄得一团乱。”

歪戴着渔夫帽，架着玳瑁眼镜的仓鼠老爹坐在灯下的沙发上，腿上搁着一张空白了的旧画纸，笑嘻嘻地看着阿短。

点睛

遇龙

陶师傅拧了个手巾把子，边站在天井里搓热手脸，边望着在墙角的簸箕里一撮还未倒掉的碎瓷碴子出神。

腊月里才养的一头单瓣水仙，嫩生生戳着二寸来长的碧绿叶子，花苞将将顶出一朵，就被那破窗而入的闯门神磕了个瓶碎花折。陶老头心疼坏了，连忙洗出新的瓶子来替上，又往前头挪了盆生着细茸茸青苔的大块白卵石挡上，上下好一通折腾才算作罢。

而那惹出事端的煞神瞧起来倒是坦荡，正扭着屁股扶在靠背椅子里呼哧呼哧地用指甲尖戳藕夹子吃。

本地每逢年节，家家户户都要备上些冷盘干切一类的食物来待客，藕夹就是其中之一。厚切藕片，再往开口里填上拌好的肉糊，裹面粉炸了就能从年末一直搁到正月底。再吃时必定是要少油小火，在平底锅里慢慢煎烤的，这样煎好的藕夹子香脆热乎，只是不小心就会烫了舌头。

可是堂屋里坐着的那位好像丝毫没受影响，一指头能戳俩，啃糖葫芦似的嚼起来飞快。吃到兴头上，嶙峋盘旋的一条大尾巴在身后甩得噼啪作响，像是辅助表达。

是了，陶师傅家里闯进来一条龙。

他微微偏过头，迸裂的一小块地砖擦过房梁上吊着的一溜大肚葫芦飞进了院子里，一骨碌滚得看不见了。陶老头儿叹口气，抬手把凉掉的毛巾挨着萝卜干一起晾在廊下的塑料绳上，转身进了堂屋。

"呃……早！"

那龙干脆利落地吞下最后一块藕夹饼，舌头一卷顺带将搪瓷盆里的面糊渣也刮得精光。正垂着脑袋和养在水缸里的老龟大眼瞪小眼，寻思要不要就地喝两口润润嗓子呢，扭脸就瞥见陶师傅撩起棉布门帘进来，喜得尾巴一甩从藤椅上滚了下来。

陶老头两条灰白眉毛拧得紧紧的。他弯下腰捡起掉在地上的海绵坐垫，手背碰了碰正抱着尾巴呼痛的龙。

真凉啊，满手都是湿漉漉的，幽深的水藻腥气。

日光温厚，被轻风推挤着趴在窗前瞧热闹，映出一排起伏如涛的瓦檐在墙上，满屋子水荇交横，当中坐一只身披波光的金眼青龙，倒显得合情合理了。

屋里向阳的窗子底下横着一张榆木条桌，上头新旧钢笔尖并墨水囊、弹簧针等物件和红格稿纸零零散散铺排了一桌。边上倚着一辆直眉瞪眼的凤凰自行车，后座用宽胶带粘了块木板，墨黑的字迹一笔一画地写着三个字“修钢笔”。

此时天高云淡，一簇一簇细碎的阳光从书桌上映射出来，屋子里比平时鲜亮了不少。

他抻平自己布满蓝黑墨点的护袖，回过神来说：“你说……要找我修手表？”

倘有一只手把老陶家的时间像沙漏那样提起来，往前倒上四十年的光景，站在这条傻龙眼前的，必定不是如今这样灰扑扑、皱巴巴的一个老头儿。

陶家的小儿子，应该算得上很倜傥的。冬天也不穿松垮的棉袄，衬衣领硬邦邦地贴着脖子，两个雪白的尖角刚好被绒线衫盖住。他就这样坐在镶着玻璃的钟表柜台后面，摆弄那些浸在航空煤油里的小零件，过膝的黑大衣衬里朝外搭在椅背上，门口站着个仰头看猫头鹰挂钟的拖鼻涕小孩儿。

才不是这么个眼泪汪汪，把尾巴尖叼在嘴里含着的傻龙。

“嗯！”

干坐了半个早晨，总算是切入正题了。它一下子又来了精神，也顾不得再揉尾巴，捧着吃得饱鼓鼓的肚子走到陶师傅跟前，支着小短手，给他看前天夜里自己因为嘴馋想偷吃小卖店的肉松卷，结果被红外线报警器吓得惊慌失措，一下猛甩在卷闸门上磕坏了的手表。

“唉！”陶老头儿看着眼前心宽到近乎厚颜的司雨神兽，又叹了一口气。他两指拈着橡胶表带，皱起眉头掀开油腻腻的大头奥特曼塑料表壳。确实磕得不轻，表盘掉了漆不说，指南针也病歪歪地一动不动。好一个气若游丝、胸口亮红灯的奥特曼，凑近鼻尖还能闻到油炸糍粑上刷的甜面酱香气。

还是个孩子啊……陶老头儿把儿童手表搁在工作台上。怎么就自己跑出来了呢？

“不小，我足足一百岁了！”

陶家不大，里外两间砖瓦平房，堂屋当中用矮柜又隔出来一处当工作间。说这话时它趴在工作台上拿爪尖蘸红墨水玩，一沓发黄的红格纸被它涂满了龇牙咧嘴的虾兵蟹将。

“就是头一次单独出来，有点儿不太认得路。不过我妈说啦，跟着这根会左右晃的小针往南飞一夜就能到。今年第一场春雨交给我来办哩，很重要的！要不是我手表坏了，今天才不会出太阳呢……”

老陶笑着摇摇头，弯腰从台子底下拖出一只玲珑的小木箱来。箱子经年累月地蹲在桌底，积了满身尘土，被湿抹布一抹，露出块亮澄澄的黄铜包角。箱底垫了厚厚的布巾和皱纹纸，四角还塞了几小团棉花。陶师傅把工具一一取出来，目镜、玻璃瓶、毛刷、三爪开盖器、吹气球……满屋子只有衣袖和干草擦出来的一串窸窸窣窣声。小龙也好奇地凑过来瞧，被灰尘呛得喷嚏连连，他只得再腾出手给它擦鼻涕。

“这个箱子几十年没开过啦。”老头儿看着可怜巴巴的小龙有点儿不好意思，“不过……你怎么知道我会修手表？”

“欸？你不是挺有名吗？”

龙一副很惊讶的模样，长长的胡须飞起来直飘到额头。它拍拍爪子，从脖子上挂着的小布包里掏出一张海报，慌乱地给抚平了让老陶看。

早年间本地曾经时兴过一阵《生活画报》一类的杂志，有余力的商铺货行多会出资登上半张一页的版面做广告，陶氏钟表行也在其中。小龙拿出来的，就是这样一张几十年前的旧海报。

喏，它捉住一把袖珍螺丝刀，针尖大的一字平头在海报上轻轻划拉：“这写的不就是你家？”

是啊，是我家啊。他想开口回话，刚一张嘴，泪珠就砸在了手背上，顺着曲张的青筋一路蹚过干皱的皮肤，濡成了纸上小小的圆点。

这画报，是将近五十年前的一个中午，他盘出去了自家的店铺，背上几件行李准备去远方另谋生路，在溯河边烧掉所有的报刊书册时，吹落水里的那一张。

修钢笔的手艺，老陶是在白鹭洲农场小学代课那会儿自己琢磨出来的。每周一早上是农场组织集体学习报纸的时间，主任站在茨菰田尽头的一块大石头上，必定穿着那件戴好假领子的毛背心。一手拿报一手擎着语录，封皮上别着一支明晃晃的英雄钢笔，讲到重点处还要不时挥舞两下。老陶远远地缀在队伍的尾巴上，双手贴裤缝。他还在想早上去喝粥时在食堂外墙上见到的那张新贴的劳动课表——他的工作内容又加了不少，却还是只能领到那么薄的一沓粮票，然后就被叫到了最前面去。

“到底是卖过表的，手是比其他人要灵巧些。”

第二天，政教主任从他手上接过修好的钢笔，很矜持地点点头称赞了他。晚上他握着主任给的一张饭票，一个人走回简陋的教工宿舍。下过雨的田埂湿滑难踩，他一路上不停地摔跟头，洗得薄透的套头衫早就蹭满了泥——大约还有鸡鸭的粪便，苦津津的草叶气息盖住了皂角味。他提一桶井水在院子里囫囵冲了个凉，当夜就发起高烧，病好后，先前一直压在枕头芯里的一枚机械表轴承被他丢进了排水沟。

后来有了新政策，他卷着一包小小的铺盖回到城里。先是卖文具，再过几年岁数大了，就有了这辆推着修钢笔的自行车。

“你哭什么呀？是想要这张画儿吗？”

龙被吓着了，它揪起桌角搭着的抹布想给陶师傅擦眼泪，又怕自己尖利的爪子划伤他。人类真是脆弱啊，它凑过来碰碰他佝偻的肩膀。

“这是我五十岁生日那天，二哥在水府外头捡的。我觉得好看，就给要回来收着，你要是也喜欢，我送你好啦。”

说着痛痛快快地把海报揭起来，夹进了老陶摊在桌上的一本《浮生六记》里，回头再看老陶时，胡须眉毛根本压不下，止不住地往耳后飞，满脸“瞧我对你多好”的得意样子。

“嗤，本来就是我的，看你这装大人的劲儿。”

陶师傅也顾不上伤怀，拖着龙的尾巴就把它拽进了天井里。

“给我把碎瓷碴子倒了，院里的月季、海棠都挨个儿浇一遍水！”说着老陶就甩手进了屋，留下碧莹莹的一条龙做只肚皮朝天哼哼叽叽耍无赖的洒水壶。

下午的时候，儿童手表就修好了，愁眉苦脸的掉漆奥特曼被陶师傅用水粉颜料补上了颜色，里外蹭的那些甜面酱、孜然粉也都已经擦干净。小龙快活极了，举着短短的左前爪满屋晃悠，非说指南针能找到老陶藏起来的两包虾片，又被拽着尾巴拖进了天井里。

晚间吃饱了咸肉菜饭，龙想了想，蹭到陶师傅的工作台旁边抱住了他：“我走啦。”它湿漉漉的脖颈搁在老陶的肩上，却没有被推开。老陶眯眼看看桌上那些亮闪闪的轴承和履带，笑着拍拍它滑溜溜的背脊：“走吧。”

倏一下，青龙就从窗口消失了。

寂寂寒夜被巨大的司雨神兽搅动起来，万仞云层高处有隐隐龙吟声。雷发东南，惊蛰潜出。

是春天。

只一夜的时间，廊檐底下就能见到燕子搭窝的景象了。是个好兆头，不过陶师傅并不开心，他依旧叉着两手站在门口，眉毛拧得比昨个还紧。

原本藏在矮柜里的两大包虾片只剩下空袋子四仰八叉地摊在地上，窗户大敞着，湿润的春风和簌簌雨水一起裹进屋里来。

可这又是哪里来的雨声？外面房顶上红彤彤鸭蛋黄一样搁着的，不是太阳吗？

陶老头儿在屋里转了一圈，停在了工作台前面。

一小块棉絮一样的云朵正悬在水仙花上，轻轻地落雨。

遇龙

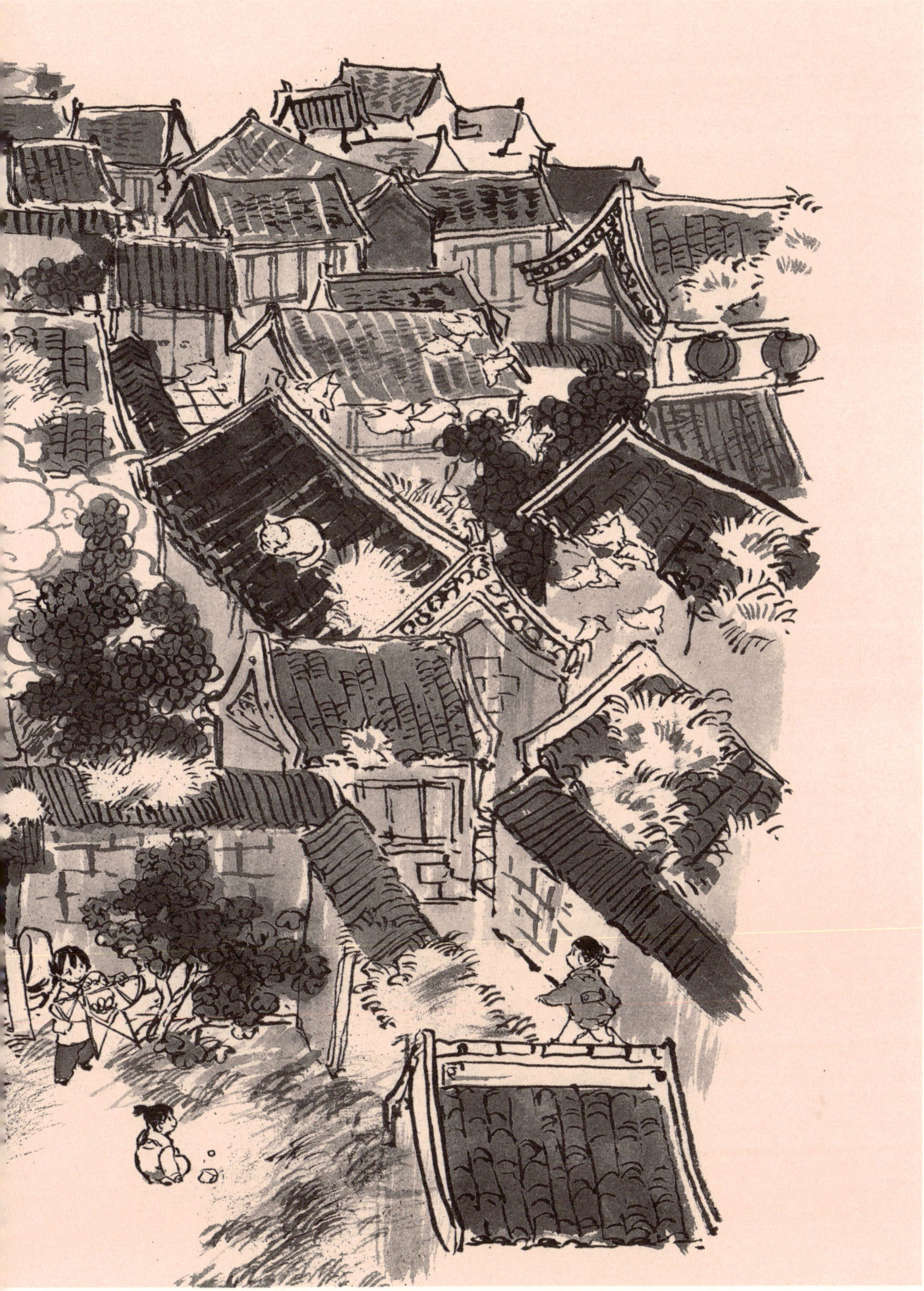

地府烘焙店

阎罗为点心师傅兮，判官为店长，挽起衣袖烤面包兮，创业忙。

地府第五殿阎罗王包大人，连日来极端忙碌，身心俱疲。

“即日起天庭实行经济体制改革，各部门在保证日常职能稳定运转实行的同时须各负盈亏，以实现长期稳定的良性发展。”

自打上个月，宣布新政条例的胖仙鹤光临了阎罗殿，包大人的日子就没有安生过。

虽然最开始筹备的阶段早已经过去，不用再继续为了账目钱款的运转受判官白眼，也不用在一排装着材料的厨具当中分辨酵母、小苏打、高筋粉，错了就要挨上一记脱模刀。

但是他又遇到了新的挑战。

快到幼儿园放学的时间了。

墙上挂着的猫头鹰挂钟是开业那天三殿阎罗王送来的，每到整点就会转着那一对大眼珠子咕咕叫唤。时间就是金钱啊，那位大人捧着一小碟拿破仑吃得嘴唇上一圈奶油，理直气壮地说自己送钟出于好意，根本不管眼前站着的同事气得脸黑如锅底。

烘焙间里弥漫着低气压，包大人套着雪白的袖套在做樱桃戚风。

“胡子叔叔！！”

店门被猛地打开，随寒风一起灌进来的还有穿得鼓囊囊炮弹一样的一串小屁孩儿。

包大人，哦不，包师傅，手一抖，最后点题的那颗红樱桃沾着奶油滚到了地板上。

猫头鹰挂钟从中间弹开两扇小木门，机械音尖声细气地喊：“四点啦！”

忍了多时的牛头马面两兄弟这会儿终于憋不住了，扑哧一声笑了出来。

“胡子叔叔你为什么这么黑啊？胡子叔叔你比岩烧巧克力还黑哎！胡子叔叔我今天想吃手指饼干，你给我在上面用草莓酱画一个笑脸好不好？胡子叔叔我觉得你长得像电视里的包青天！胡子叔叔？胡子叔叔？……”

终于把这群小混世魔王送走了。包大人蹲在柜台前擦拭小鬼们留在玻璃展示柜上的口水痕迹，想起最初把店址选在幼儿园对面还是自己的主意，不禁悲从中来。

好在这种情况在入冬之后得到了巨大的改善，因为地府烘焙店出新品啦！

冬天，烘焙店开始贩售名为甜梦的新系列甜点。

这还是阎罗王回地府总结第三季度工作的时候，发现东方朔先生在三途河沿岸辟了一小块试验田来种植怀梦草。他企图改良孟婆汤的配方，提高地府的人性化服务标准。

在忘却前尘、了断生前身后事之前，给诸位一个梦见所怀所想之人的机会，岂不是非常贴心？

东方朔背着两手望向前方排队领汤的新魂，感到自己内心充满了悲天悯人的情怀。

而打理副业的判官却立马想到了面包店的生意。

三清在上！这就是新的商机啊！

随即着手开发新口味。于是成箱的怀梦草果酱运进了烘焙店的仓库，柜台里开始出现甜梦乳酪蛋糕、甜梦菠萝包、甜梦布丁等。于是流鼻涕的小孩有了玩具，头疼的老师做了好梦，烘焙店方圆十里的幼儿园都可爱到冒泡泡。

包大人快活极了，面包店生意很好，每天都可以提前打烊，他也有时间在厨房里自己烤些小饼干吃。

“老板！咱们店门口站着个小孩儿，问他家长在哪里也不说，只一个劲儿地哭！”

马面慌慌张张推门进来，怀里抱着一个哭得上气不接下气的小姑娘，口中正呜呜咽咽地叫着妈妈。小女孩不过三四岁的年纪，细细的羊角辫垂在胸前，还别着向日葵的小卡子。

阎罗王伸手把小女孩接过来抱着，轻轻拍着她的后背，在她手里塞了一块刚烤出来的小熊饼干。

“别哭啦，叔叔这就送你回家。”

于是那天晚上，粗心大意丢了宝宝的小夫妻找寻无果，垂头丧气地往家走，却忽然在家门口看到了乖乖坐着的小女儿。

“是谁送宝宝回家的？”年轻的妈妈哭红了眼，抱起女儿就想找到好心人道谢。

小女孩摸摸口袋里热乎乎的姜饼人，歪头说：“是一个好——甜，好——甜的叔叔！”

乞巧

被秀才拦下的时候，朱老板才掩上自家铺面那四扇榆木铺板没多久，照旧准备去前面箍桶巷找老孙头儿买一碗饺面吃。

银集是座小城，灰砖街巷交错如针脚，细细密密地沿甘泉大街两侧往东西方向连缀，绣出一片市井和青瓦民居。

此时各家门脸儿已经纷纷地敞开了，朱老板穿街过巷，下了酒眼桥，先拐到仁丰包子铺。秦师傅正掂着一柄黄铜大勺在门口的炭炉前给食客们舀豆浆，乳白色的水汽高高地漾在门廊下面，倒比招幌显眼得多。

“啊呀，客人来了？吃豆腐脑吗？亮子——”

秦老三生着一张枣红脸，白毛巾绕在脖子上系个活扣。他眼神有些不大好了，不过嗓音依旧亮堂，掂着黄铜大勺在那只圆口尖底铁牛锅上“笃笃笃”地连敲三下，正在柜上认认真真啃菜包的小儿子连忙一口吞了面团，三两步蹿出来。

“不忙，不忙。”

朱老板没有接那碗撒满虾皮和芫荽的豆腐脑，反手搁在了身后供人自取汤匙的长条凳上。

他略微冲秦师傅拱拱手，蹲下身同男孩子小声说话：“昨个爬树，赢了没有？”

话一出口，原本急慌慌想同他谈一谈的小男孩反而认真起来。他猫着腰，借了桌椅的遮挡，向朱老板展示裤腿后弯处的一块补丁。

那是一只用青、红两色棉线绣出来的毛桃，椭圆形的叶片恰好遮住了男孩自己胡乱缝出来的一溜蜈蚣针脚。走线细致，样式鲜活，只不过看上去灰扑扑的，像是有年头了。

“赢啦！”

男孩满脸的兴奋，又隐约觉得这是一桩极秘密的故事，只好勉强压低了声音说话。却实在捂不住两条活泼的眉毛，高高地挑在脑门儿上，恨不能拢出个美人尖来，越发像一只戏台上匀了面、勾了脸的小猴子。

“我爬后街那棵大槐树的时候，又轻巧又有劲儿，两下就踩上了树杈子。磨豆腐家的大头，还有炸馓子的小六，成天说我怕高，这下子就没话讲啦！”

秦亮顿了顿，抠抠那毛桃尖尖的攒心，再看看眼前一脸笑模样的朱老板，终于吐出梗在嗓子眼的那点儿困惑：“不知道怎么回事，爬树的时候，腿上蹭得窸窸窣窣直响，倒像有谁来拿这桃子……”

“那是你爬得太快，槐树叶子刮你腿后弯哪。”

“可我总能听见耳朵边上有叽叽呱呱的笑声，尾巴骨也痒得很，倒跟我掉进了山里做了猴儿一样。到家迎着灯一照，你给我补的桃都发灰了，也不像蹭的，抹皂角都搓不好……”

朱老板笑了笑。他伸手拈走男孩前襟上沾着的碎香菇粒，又把他翻卷的小褂下摆抻平，末了站起身，穿过堂前熙攘的人群，一晃，就看不见了。

等到裤子上的大桃补丁彻底消失，这个男孩子就会忘记朱老板曾经给过的帮助，只记得爬树比赛胜利后的快活。

这城里许多人都见过朱老板，又有许多人会忘记朱老板。

以锦衣坊坊门南边的那口青砖老井为准，一路往东数到第六间，就是朱老板的裁缝铺。那儿原本是个废旧的库房，堆满了破布烂衫，蛛网密布，却一夜之间就突然被收拾出了干净亮堂的一家店面来。

廊上藤萝，廊下水缸，里头两尾红鲤鱼，缸沿上坐着一只三花猫。老板自称姓朱，门口弄一块招贴就权当是开张了。

谁都不认识店家，谁又都好像见过他。

邻居们见面总要打招呼，笑眯眯问好谈天，却在旁人问起来时又一脸恍惚："裁缝？我不知道啊。"

可朱老板并不在意，他每天都事无巨细地打点着自家的铺子，为每一单奇怪生意的针线活操心。他是这么喜欢裁剪和缝补，还有这城里可爱的居民们，日日沉浸在这些事情里，乐此不疲。

他的柜台上一年到头都是那几匹衣料，推门而入的客人和在睡梦中不慎跌进前院的青梅子一样少。以至于他在去吃早茶的路上，突然被人当街拦下的时候，还以为是家里老猫又挠烂了谁家的字纸书册，苦主找上门来了。

"我刚才，可都看见了。"

说话这人瞧着年纪在四十上下，面色晦暗，做书生打扮。浆洗得褴褛的长衫披挂在身上，一副弱不禁风的模样。倒是两眼中聚着一股炯炯的光，此时正直勾勾地盯着朱老板。

"我可全都看见了！前天秦家那小子从树杈上摔下来刮破了裤子，是你给补好的！还有月前……月前山阴巷里给人洗衣裳的姑娘要辞工回乡，你带她上你铺子里扯了一身新裙子！"

噫，做好事这么久，到底是被发现啦。

朱老板倒是个心眼儿大的。他丝毫没有感觉到小伎俩被拆穿时的窘迫——反正可以使些障眼法打发这人。他此刻摸摸鼻子，小胡子飞翘着直往耳后跑，又清了清喉咙，免得自己一张嘴就要笑出声来，还走上前一步，想着该怎样圆话才能把这事遮掩过去，也好趁机施些法术，却突然被满面惊惶的书生推了个趔趄。

“妖物！你是妖物！”

老书生猛地后退了几大步，后背撞在了墙壁上也丝毫不觉得痛似的，手里攥着把黄纸符咒和桃核珠串一类，冲朱老板一气乱舞，活像一只痉挛的瘦鸡。

“秦亮天生畏高，居然能赢了小六？那个张家闺女出了城就遇上了劫道的，听说歹人还没近身就被吓得疯疯傻傻，钱袋都给了她不说，还一直把人送进村口再回来自首！”

“是你……一定是你捣的鬼！”

是呀，是我捣的鬼。朱老板虽然惊讶，但还是忍不住胡思乱想：要不是我在她的裙子反面绣了小鬼唬人的小图，她才不会安全到家呢。

可话说到这里，已经容不得朱老板再得意快活下去。这人顿了顿，耷拉着的眼皮一抬，金纸一般的面皮上浮上一层自作聪明的嘚瑟。

他看着有些惊讶的朱老板，从怀里摸出一块刻着符咒的铜镜。

“你得给我做一身衣裳，穿上就能保我会试成功、加官晋爵的衣裳……今晚就要！否则明天一早官府就带着天师来拿人，到时我只消举着这镜子一照，你立马原形毕露！”

朱老板回到自家铺子那会儿，日头刚好偏过了中天，照得他的影子枯萎成矮短的一截，很有点儿懊丧的意思。

他唉声叹气地将自己摔进圈椅里，其实并不着急刚才那事，只想起早上一番折腾误了饭点，老孙头儿敲着锅盖说虾籽饺面刚卖出最后一碗，明日请早时的模样，牙根里就开始冒酸水，咕嘟嘟把那拦路的书生浇成了一只秃毛瘦鸡。

这坏书生，圣贤书都白读了！行这种威胁人……威胁蛛的事，还误了早茶，实在可气！

“别叹啦，叹得小白又要瘦了。”

外间供人裁衣的长条木桌上，伏着一把细腰长腿的线剪刀，正提溜着一卷没骨头的软尺忙前忙后地琢磨新的成衣样式。

它身后还跟着一块雪白的滑粉，闻言立即迈着短腿警惕地退后了一步。

“这人我晓得的，考了十来年还是个秀才，脾气又怪，好不容易寻了个抄书写信的差事也丢了。连日带夜地在宋坝桥边上转悠，缠着过路人听他讲那些劳什子国家——兴亡——”

房梁底下挂着的一串绣花样子怪声怪气地学着酸书生的腔调来回晃荡，刮得墙灰簌簌地在朱老板的肩上落了一层。

“说到底还是怪你。先前这家老裁缝铺子的女儿于你有恩，不捉你还常常喂养你，你顶起这铺子为居民们做点儿好事，这没什么。可实在不该存着被人发现能得夸奖表扬的小心思，法术不严密，迟早被找上门来。”

道理是都懂的，气也是难消的。

朱老板没好气地瞥了那一串红红绿绿的绣花样子一眼，把茶碟里的桂花糕拣了两块叼着，气哼哼地到后院库房里去午睡了。

直到太阳一头扎进了磨坊灰扑扑的屋脊，他才慢悠悠地起来了。鸡丝粉皮汤泡饭，就着一碟葱油萝卜干，朱老板吃饱后，夹着只小巧的木匣子，气定神闲地出门往宋坝桥去。

此时恰逢七夕，前几日银集街头巷尾散落的糕饼摊、制作节日玩具的小贩都早早地收了生意。淮水沿岸无数的青瓦屋檐，无数的藤廊和花架中，亮起荧荧的灯光，映着流水像纷披的星辰。

那书生老早便候在那里，细脖颈上顶着颗嶙峋的脑袋，在晚风中立成了一株老豆芽。他远远瞧见朱老板空空的两手，立时掏出符纸攥在手心，如临大敌般瞪着来人。

“莫慌莫慌，你这衣裳还差一道工序哩。”

朱老板冲他摆手，小胡子底下压着一丝狡黠的笑意。

他将那只遍体镌刻奇怪符文的木匣子捧到书生眼前，煞有介事地介绍了一通所谓趁天象圆满，须诚心祈求上苍，借天地运势灵气，才能做出心想事成的好衣裳的道理。

“有理！”

秀才凝神捧着木匣细细赏玩，借着明晃晃的月光瞧见符文走势里幽幽的光点。再听着朱老板满口集纳天地灵气，借文曲之势转运成为人中龙凤的法子，不由得神往。他连忙搂着匣子坐下，另一只手还不忘攥紧朱老板的衣袖。

这心术不正的秀才可没看清朱老板小胡子底下压着的笑，一坐下，立刻迷迷瞪瞪地晕过去了。

等到书生醒来时，正斜倚在一根硬邦邦的廊柱底下。

身前身后熙熙攘攘的，都是赶早市的居民，有人路过认出他来，又对着他怀里粘满蜘蛛网的大瓜指指点点。见他脚边还有个装蜘蛛的木匣子，纷纷恍然大悟状，扭脸小声和同伴议论："他竟然也拜织女娘娘乞巧。人家姑娘求姻缘、求心灵手巧，他呢？求心灵手巧文章好？啊呀，真是书读得魔怔啦，这该上文庙去！"

他迷糊极了，压根儿想不出为什么自己会睡在绣品坊门口，怀里还抱着一只结满了蛛网的冬瓜。

周遭叽叽咕咕的议论不绝于耳，像黏粥一样将这个刚刚睡醒的酸秀才糊了个无地自容。这极要面子又心比天高的书生，终于涨红着一张脸冲出了人群，手上还拿着甩不脱的胖冬瓜。

还有一缕若有似无的蜘蛛丝。

箍桶巷，朱老板几不可察地动了动耳朵，随即满面春风，他撂下汤碗冲老孙头儿喊道："再来一碗饺面，多搁胡椒粉！"

亥时二更

……

捕风

捕风

【一】

故事的最开始，我要给你讲一个叫“白”的先生。

这一位白先生是个捕风人。

这听上去很像那么一个了不得的活计似的。如果是在村头巷陌哪处茶棚面摊上碰见有人这么感叹，白先生一定会冲对方得意地挑挑眉，摘下那顶长年被明火熏燎的獭皮帽掸掸，再从这一路的新奇见闻中拣两样简略地谈一谈，必要引得四周称奇声连连才满意。

可是只有他自己才知道，这是一件多么难的差事。

白先生有时睡在南美欧亚梅尔的杉树林里，小心翼翼蜷缩着身子，生怕惊醒不计其数正在冬眠的蝴蝶。

有时睡在自己那顶打满补丁的旧热气球里，遇上气流还会在梦里被颠得直打嗝儿。

而且那些封在玻璃瓶里的风也烦人透了，不分日夜地吵闹。

有来自北海的小股季风，总是一边打着旋儿，一边絮絮叨叨地回忆那些在月光下跃出海面的鱼。

还有那缕口音浓重的南洋晚风，每天都锲而不舍地给他推荐当地土产绿豆蓉，吐字儿的时候满嘴冒炊烟，糊得瓶壁灰蒙蒙的。

因此他格外珍惜年关将至的那几天。群山被雪覆盖，鸟兽不鸣，炉子上温着一壶姜枣茶，新晒的棉被蓬松柔软。白先生裹在床铺里，睡得像个暖乎乎的糯米饼子，嗯，多安静的早晨哪……

如果他没有被一阵擂门声叫醒的话。

白先生的家安在昆仑山北麓，高山上百年不歇的长风和冰雪隔出了一方人迹罕见的小院。前院两扇榆木门板形同虚设，左右贴的门神画像分别是神荼和郁垒，也早就卷了边儿，更别提落满灰的黄铜把手了。

他常年穿行在山川湖海中，掌控四季气象。说起来是个了不起的头衔，其实每代只靠一个捕风人苦撑，天庭各部再找不到比这儿更门庭冷落的所在了。

等他趿着鞋，一步三个哈欠地把自己挪进前院，两位脱色门神刚叫喊完一轮，正气喘吁吁地歇息。白先生裹了裹棉袍，浑身没骨头一样靠在墙边，睡眼惺忪，打量门外陌生的车架。

这是辆普通的单辕车，一边窗框被撞了个大豁口，被人糊了张符咒勉强补上救急。另一边插了支铁锈色的三角旗，当中方方正正一个“巡”字。

来的竟是巡查使。

拉车的是头牦牛，嶙峋起伏的脊背上摊着旧毛毡，鼻息沉重，正低头想去够卷起边的门神纸来嚼，直拽得三角旗往门神郁垒脑门上笃笃地敲，气得他上蹿下跳又是一阵嚷嚷。

白先生拍拍牛头，示意它叫门的重任已经完成。青牛蹭蹭他的手，冲两位门神扑棱扑棱耳朵，熟门熟路地溜达着去找吃的了。

“律令呢？”

众巡查使里，会选牦牛来拉车的，也只有雷部的律令了。他常年在外巡视三界、传达上令，总能和四海漂流的白先生遇上，二人也算旧相识了。

律令是雷部众神当中脚程最快的一位，传说与雷相疾速。因仗着自己跑得快，常常独自去办公务，撇下老牛去满世界糟蹋众仙家的园子，谁知这一趟，他竟破天荒赶了这慢吞吞的牛车来。

白先生话音刚落，远处平地卷起一阵风。这风迅疾地扫过杉树林，掠起树梢们卷折如苍绿波涛，眨眼间便落到他跟前。

是律令。他黑着一张脸从半山腰下来，手上还提溜个小孩儿。

白先生捞起披披挂挂的灰袍子，反手一卷垫在屁股底下，顺势就这么坐在了自家大门槛上。他懒洋洋地眯着眼，抬起下巴颏冲对方问话，像把满腔被搅了好梦的怨气都堆在了这下巴颏上，一丝清醒劲儿都懒得往外冒。

“哎，你从哪儿弄来的小毛孩子？”

“我不是小孩子！不……我才不是人呢！”

被点名的那位看起来只有十一二岁，立即不服气地扯着嗓子出声辩驳，却苦于律令刚才随手把他挂在了尖尖翘起的屋角上，不能相抗。

檐上还蹲着个陶土烧的骑凤仙人，闻言好奇地扯扯他摇摇欲坠的脏布裤子，没承想，手一滑一直给褪到了腿肚儿。

这下子，小孩一身反骨像是和遮羞布一块儿被扒了个干净，他一下臊得哭了起来，在风里号成了一根会打嗝儿的钟摆子。

“前一阵江水大涨，天象复杂，冬天里竟然刮出一股龙卷风来。原本是要差你去捉的，未承想它竟和什么天材地宝融成一团，落成个娃娃漂在江面上。等我到的时候，已经被一个有些痴傻的老乞儿捡去养了一阵了。”

竟然是龙卷风里蹦出来的孩子。

难得能从律令嘴里蹦出这么长一串话，白先生在心里直咋舌。他边听边手搭凉棚，好奇地抬头望向屋顶，想瞧瞧这劳动巡查使亲自跑一趟，还弄破了牛车的始作俑者。一看，乐了。

那小孩儿一边假哭一边去踹骑凤仙人，下手又乱又狠，三拳两腿抡作一团，活脱脱一个野孩子。

“雷部恰好也送来消息，你的时间……快到了。这风孩子也无处可安置，说起来和风也有缘，我和上头商量，寻思着交给你，收作徒弟吧。”

巡查使脚程虽快，临事却是个嘴里蹦不出三句话的。他犹豫再三，也只是拍拍袍子，有些不自然地从怀中掏出一封薄笺，递给了白先生。

捕风人这一门，上辈子多半是些孤苦无依却心性坚定的流浪儿，在弥留之际被路过的风托起来，续上一口命，送上昆仑山修习捕风术。这就是被风选定的使者，既受惠于风，又要受风牵制。虽说能获得比凡人多上二百年的寿命，但这二百年里，也是风餐露宿，难得歇一歇。

这是要卸任了。

白先生接过来摩挲两下，随手又塞进墙角砖缝儿里，没有打开。

“晓得啦……”

他极慢地伸了个懒腰，顺势摸下律令腰上的荷包，倒出几粒肉干来边走边嚼，踱两步，抬手一招，打哭嗝儿的钟摆子便荡悠悠落了地。

就这么几个动作，白先生脸上惫懒的神情已然不见了，他近乎郑重地略微弯着腰，盯着眼前的小男孩：“小鬼，你有名字吗？”

捕风人的名字，大多是师父取的。原本就是奄奄一息时被风托起来的孤儿们，自然无名无姓。

例如白先生。他的师父孔方极爱收集钱币，两百年前他被风托着举着送到门口时，孔方正忙于整理他那箱铜钱。透过钱币的方孔往外看，满目雪野与风与人卷成一线，师父把木匣子合上，给徒弟取名“白”。

“有哇！”

小孩儿一落地，也不哭了，两汪泪水虽蓄在眼眶里，却提着裤腰凑上前，也拈起一块肉干吃，乌黑的眼仁儿里全是狡黠，像是以为白先生没看见他手心里又偷偷窝藏起来两块。

“我叫初一。老乞儿说拾到我那天是初一，不过他没给我姓，说是也许哪天会有人来认回我。”

白先生低头瞧了一会儿初一脸上波澜不惊的神气，又看他衣襟上新缝的补丁。针脚笨拙却尚算平整，看得出缝补的人确实是用了心的。

只可惜流浪人难得的良善忠厚没学到半分，街头抢食撕扯的伎俩倒耍得炉火纯青，竟是个没良心喂不饱的狼崽子。

“不错啊，你有名字。”

他领着初一穿门过院，只冲律令摆摆手算作告别。清晨的光薄薄地铺在两人肩头，一高一矮、一前一后。一样无所畏惧的背影，白先生欣然从容，男孩却是七情不全。

老门闩吭哧吭哧喘着粗气合拢，远远地把神荼和郁垒同牦牛的吵闹隔在外面。

律令弯腰捡起被白先生塞进墙缝里的信封，他张了张嘴，却一句话也没说出来。这位天上地下脚程最快的神使拉着牦牛的缰绳，沿下山的小路，慢慢地，慢慢地，也走了。

门后头，白先生把余下的肉干都倒进初一的手心里。

既然不能成为风啊……没关系，你要先有一颗心，然后试着做人吧。

【二】

初一刚掀起门帘，就被风包围了。

白先生的屋子不算大，分上、下两层，一楼悬着匾额，上书“大风有隧”四个字。堂屋一壁嵌着巨大的乌木柜，密布百来个扁而油润的抽屉，黄铜把手无一不灿灿生光。抽屉都能拆卸，里头按各类玻璃瓶的尺寸分类，划成小格，取出来就是一节置物架，便于卡在热气球的凹槽里储风。

此时乌木柜上所有的抽屉都倾巢而出，掀起的气流将初一裹在当中。起自群山万壑的大风訇然而至，溢满了整座院子。

它们推挤着，推挤着漾在他的眼前身后，一股脑儿地把他拽进了屋里。

这些风里裹挟了天地间无数种气味和声响，鸟鸣花开，酒香饭熟，雨落月出。既有欢喜又有悲忧，热切地围在他身边打转，甚至有掀他头发、拨弄他衣裳的，好一阵作弄，半晌才渐渐远去了。

“那是……风吗？”

弹回墙壁的抽屉们还在嗡嗡作响，初一站在原地发愣。他还太小，对天地万事近乎一无所知，这些来自各地的风声于他而言虽然陌生，却又有同根同源的亲切，让他几乎忘了原本等律令一走就逃跑的打算。

“是风，每一代捕风人死去后，都要留在这里一缕风，它们这是在认你呢。”

白先生从二楼翻出一本旧书册子，用衣袖掸掸尘土便反手扔进初一怀里，呛得小孩儿一阵咳嗽。

“听见钱串子落袋的声音没？那是我师父，喜欢收藏钱币。我师父呢，大概觉得你眼睛圆，像钱孔，很满意。你师父呢，也就是我，我死了以后也会留这么一缕在柜子里。这本书好好读，不懂要来问我，否则以后抓不着风，还会被扯掉裤子。”

他这会儿倒又不正经起来，托着腮帮子，倚在栏杆上看初一打喷嚏，简直没个正形。

初一撇撇嘴，把《大风》别在了裤腰上。

这会儿乌木柜里已经重新安静下来，方才那阵狂澜像是根本没发生过，屋里家具和兰花仍在原地，只剩下窗外还有鸟雀受惊飞远了的声音。

他仰头望着黑亮狭长的楼梯口发呆，刚拿到的书硬邦邦的，戳他后腰。

学就学吧，他想，以后溜走了再当水龙卷去，还能提防着不被这些怪人捉走。住在有隧堂的日子倒挺自在，初一在这里琢磨出不少新鲜玩头。

晨起念过两遍书，再鬼画符一样涂三张洋流和季风分布图，他便叼着张葱油饼，飞也似的蹿出院去，撵着往来的游魂看热闹。

有个书生是因游玩不慎，在山脚摔断了脖子。初一就爱蹲在路上瞧他长吁短叹地来回踱步，吟诗作对，再大喊一声："脑袋忘了带啦！"然后与惊慌失措的鬼魂面面相觑，捧腹大笑。

不出几日，初一就成了让整座山头的走兽亡魂都闻风丧胆的泼皮猴子。也不是没有再试过逃跑。

虽然现在没了律令来逮他，可白先生却像是每一处都留了耳目一样，但凡跑远了些，他都会被突如其来的劲风掀个四脚朝天。被风裹回来以后又是一通大喊大叫，无非就是那句"不想做人"来回嚷嚷，逗引得前院后山里那些野物也跟着一通乱吠，呜呜汪汪，倒像是来助拳扶弱一块儿抗议的。初一一听，扯嗓子号得更加起劲。

白先生呢，整天蹙着他那一方苦大仇深的眉头，提着小花铲和绒线绳满院子给宝贝花草们接骨疗伤，只觉得收徒堪比催命。

好不容易等到《大风》连背带忘地学过三遍，初一的字迹总算也勉强从墨黑鸡蛋团里伸出了手脚，白先生宣布，要出门了。

"去捕风吗？"

初一快活极了，他早就想看看那些生在各地的同胞们究竟什么样，兴许路上还能找机会跑路。他连忙翻出包袱皮，拎着一堆零碎物件就要上热气球。

"算吧。"

白先生伸出一根指头钩住初一腰上的弹弓，拽着他往天井里走："有些事儿要办，顺道还得见见朋友。"

白先生从荷包里摸出一枚微雕核桃。这核桃的镂刻细致入微，窗框桌椅无所不有，一骨碌滚到地上，腾地出现一艘单桅帆船来。

他把热气球稍稍卷了卷，塞回荷包，又站在天井里，仔细看了看有隧堂。

梁下悬吊的兰花，石阶上青苔累累，年幼时被他画满白道儿量身高的大红柱子，及冠那年在墙角种下的玉兰树，长颈花瓶里插着的一只草编蚂蚱——是初一前天刚学会的手艺，二楼窗台上如瀑布般千垂万绦的素馨花，堂屋当中高大的乌木柜正散发着沉沉的光……他在这里，生活了二百年。

“快上来呀！”初一趴在船上大声喊。

白先生仿佛是猛然惊醒，他轻轻挥手打了个响指，大门缓缓合拢。

核舟见风便涨，不一会儿便饱鼓着白帆升到了空中。底下门神纸、宅院、坟包、雪山都渐渐消弭，眼前净是棉絮一样高耸的云团和极亮堂的高天，小船穿梭在云海间，如行浪中。

初一兴奋极了，顺着甲板来回跑动，任风掀起他的衣领袍袖四处钻闹也不恼，嘻嘻笑着掏出包袱里的小瓶灌上点儿风，看一会儿又放走。白先生晃进后面小单间里，架起锅灶来煮粥，外头尖叫和笑闹声不断，他一边顺着水流搅动着米粒和肉末，一边无奈地摇摇头。再怎么鬼精……也还是个孩子啊。

晚间喝饱了肉粥，师徒两人跷着腿躺在屋顶上看星星。

穹顶之上星辰流转，它们多数攒聚在北方天空，连缀如萤石。根据记载，这源自上古时期的一次地陷造成的星辰逃逸。

白先生指使着核舟左右沉浮转弯，向初一逐个讲述星辰诞生和消亡的传说，他们飞得极高，猎猎长风鼓动着船帆哗然作响，初一几乎要听不清白先生的声音了。

真好。初一脑袋里砰砰的，像有什么在跳，他忍不住开口："我要是有爹的话——如果你有孩子，就是这样带他——带他出来玩的吗——"

白先生闻声转头看向他，笑眯眯地弹指，嘈杂的风声被隔绝，周遭一下子就安静了。

"你刚才说什么？我没听清。"

哼。初一撑着木板跳下屋顶，噔噔噔跑回去睡觉了："我什么都没说！"

白先生扑哧一声笑出来，他屈起胳膊垫在后脑勺下，好整以暇地望着星空，后头小孩着急忙慌地想进门，乒乒乓乓又是一阵乱响。

噫，他咂咂嘴，想起从前总吓唬他，说他弄丢了宝贝铜钱的孔方师父，快活地晃晃脚。

养孩子果然好玩儿啊！

可说起这驾船行空来，若是一两天的旅途，尚且能图个新鲜有趣。时间一长，任凭是谁都会有些精神委顿。

行至第三天，已是一路往西北去，到了西河地界。

小船掠水越山，溯流而上，春天湿漉漉的奶白色雾霭缠住了一切，好像连船帆里都能拧出点儿水来，前行的速度越来越慢。

餐桌上也是白乎乎的，伶仃地蹲着两碗粥。白先生搜刮了整个食柜，也只能可怜巴巴地横两条乳黄瓜在粥面上做点缀。初一虚握着筷子，躬腰塌背，有气无力地往嘴里划拉饭粒儿："白先生……咱们什么时候才能到哇？我想吃熏鱼……"

白先生抿一口粥，有些心虚。太久不用核舟出门，连干粮都忘了多带些，他剥了只茶叶蛋，悬在空中犹豫片刻，到底还是泡进了初一的小碗里：“总在这一两天了，马上就有好吃的啦！”

话音未落，就听见一阵长而亮的声响，也不知是谁提着嗓门在喊话，聒噪极了：“蹭饭的来啦！叫白的来啦！”

白先生猛地站起来，搁下碗筷便往外走。初一两三口吞下茶叶蛋，也紧跟着跑出去，趴在船舷上看热闹。

但见重重白雾与青山之间，高高挑出一杆酒旗，顶头还拴着两只唢呐，前头吱哇乱叫的就是它俩。转过这一块山峭，便现出大片翠色逼人的竹林来，当中是座青瓦白墙的小楼，酒招上龙飞凤舞地写着：西河驿。

【三】

蜀中多山多湿气，菜碗盘盏里免不了剁椒辣子来添颜色。一碗鱼头片两半，上面整齐码着青红椒末，底下一汪辣油又红又亮，蒜泥和花生碎经滚油兜头一浇，喷香扑鼻。

初一早就吃够了白粥，举箸便夹上一大块红白鱼肉，刚放进嘴里，当即被辣得又吐了出来，上蹿下跳活像一个被点燃的炮仗头，奔到门外大口灌凉风，引得整桌人都大笑起来。

“小白哎，你上哪儿拐来这么个傻娃儿！”

说话的是个黑壮汉子，铁塔一样坐在东席上，满面须髯直连入发鬓里去。这人叫作务相，千年前曾作为巴人的首领镇守此地，现在则待在西河驿当厨子，每天在灶台炉火间舞一把黄铜大勺，倒颇有些大刀阔斧的气派。

白先生每年春夏时会在这里做短暂停留，或打听消息，或替相熟的神差们递送物品，他又极馋一口回锅肉，一来二去就同西河驿诸人混了个透熟。

“是我徒弟嘛，你多照拂。”

白先生拨开辣椒，轻车熟路舀出满满一勺鸡丁盛进自个儿碗里。务相皱起眉头，粗黑眉毛皱成一个“川”字，看上去脸又黑了三分。白先生鼓着嘴大嚼，也不继续往下讲，憋得务相刚要开口说哪里来的徒弟，却听见外面一阵喧嚷。

原来是初一。他讨来一杯花茶漱口过过嘴，随口把满嘴辣油星子混着茶水吐在了门前台阶上，没想到平地浇出一个小茶神，气急败坏地和他吵架。

“没教养！谁家娃儿伙没得丁点儿的教养！！”

那小神瞧起来也就一根筷子高，抖着泛起油花还滴水的绿色绸衫，气得吹胡子瞪眼。他直嚷嚷着没见过这样的小孩，无事乱召唤茶神不说，还拿油水来污人。

“是我家的，我家的孩子，我是他师父。”

白先生一迭声地迎上来，满面带笑，同小神连连作揖，直说孩子不懂山里浇茶请神问路的规矩，又从袖子里滑出一包茉莉花，赔他梳洗用，这才算送走了茶神。

可初一更不高兴。他撂下碗筷，踢着石子儿爬回核舟上去了。

唉，养孩子真难哦。白先生托着下巴叹气发愁，一晃神被一块木榫子砸中了脑门，四处望望，并没有人影，还以为是初一在发脾气，却听见头顶传来一阵口哨。

驿站屋顶的飞檐上趴着一个小老头儿，玻璃眼镜遮住了半张脸，白头发拢成小辫子，正在给门楼上的雀图抛光，辫子甩得啪啪响。

西河驿始建于明朝，经历天灾人祸、百年人世而不倒，全都要归功于一棵紧挨着驿站生长的老桑树。

老桑树满肚子墨水，总也闲不下来。常提着一盒木料和工具四处溜达，转悠着修戏楼、修祠堂，也修小小的土地庙，白先生上一回见到他，都是三年前了。

“你娃儿伙，不也这样子玄皮大脸哩？”

老桑摸出几颗桑葚抛给他，眯眼盯着他的样子和逐个仔细检查房梁椽子时一模一样，大眼镜反出两道严肃的光。

白先生心虚地摸摸鼻子，想起小时候头一次入蜀，因为故意抠塌了一片旧瓦被桑先生用枝条追着打屁股的事儿，有点儿不好意思。

他想去和初一再讲几句，可是又不知道还能说些什么，背着手来回走了几步，到底还是没去敲门，只留下一小把桑葚在核舟的窗台上。

及至月上梢头，西河驿才真正热闹起来。

驿站依驰道而建，这条驰道于秦时开凿，被少部分妖、仙和人类隐藏起来，沿用至今。平日里人、鬼、神在这儿传递消息，互通有无。

白天那些或游玩或公干的房客们相继回返，大厅里灯火通明，人与妖、仙同处一桌喝酒吃菜，好不快活。

初一蜷在窗边，偷偷朝外觑看。满屋子小孩拖着尾巴或竹子扎的小车，嘻嘻哈哈奔来跑去，饭菜香气混着鼎沸人声，闹哄哄往四面散逸。他摸摸肚皮，想起傍晚时没吃完的半碗米饭，既委屈又生气：“做人真麻烦，唉……”

“是噻，做人好恼火哦！”

老桑树先生不知什么时候出来了，手里握着块牛肉卷饼，正倚在船边细看核舟窗框上雕镂的尉迟敬德和八仙。一老一小就着月色，边抱怨边分完了饼子。

这厢才添饱肚子，那厢又闹将起来。驿站里许多毛茸茸的小崽们自门后探出脑袋，叽叽喳喳喊："桑爷爷！桑爷爷！"

桑树先生连忙直起身子往回走，才迈出两步，又扭过头来："娃儿，跟我进门？"

驿站的客房都分布在二、三两层，地下留着个单间做大通铺。父母带着小孩来的，为防其他客人嫌吵，就让孩子们在地下室睡一排，久而久之，倒成了个儿童房。

老桑提着灯，领初一和孩子们慢慢走下去。他挨个儿哄着小崽子们拿嫩柳枝和盐揩了牙，在椅子上坐下。刚喘口气，身上登时重新挂满了毛茸茸的崽崽。

"还要听大圣的故事！"

这些小孩儿早就同老桑树混成了熟面孔，刚安顿好就急着点名。初一虽看起来比他们都大些，反而是个什么都不懂的，只好盘腿坐在铺盖上，静静听着。

此时窗外风烟俱净，簌簌春雨纷纷而来，只有鹧鸪与虫鸣偶尔远远相和。老桑树轻轻拍拍怀里的崽崽，娓娓讲着故事里那些惊心动魄、嬉笑怒骂、摧折与愤懑，还有咬紧牙关的矢志不渝。

讲到悟空因为妖精被师父误会，师父念紧箍咒时痛得他满地打滚。毛团子们紧抓着老桑树的衣角，惊呼声一片，初一攥紧拳头，忍不住开口："做人这么麻烦，大圣干吗……不继续在花果山当猴王呢？为什么又回去？"

桑树抽出枝条攒成一圈，轻轻托起一只早早睡着了的小狐狸，把它往被子里掖了掖。收回枝条时，细长的梢尖戳戳初一的胸口，字正腔圆：“因为猴子啊，有了心。”

五月里桑树挂满胀鼓鼓的桑果子，引出无数鸟雀来栖，晚上低低的啁啾声掩在浓荫里此起彼伏，怪好听的。这桑树长得极高，竟有要与驿站比肩的势头，白先生伸长手，这才揪了几个桑葚站在树下吃，冷不丁被老桑树敲了头壳。

“你歪哦，带个娃儿硬是七翘八拱哩，哪有个样子收徒儿的？丢了也不到后头找？”

白先生冷不丁低头，一下撞上手中的桑葚，摸摸鼻子，啧，果然沾了桑葚汁。他捞起袖口用力揩了揩，瓮声瓮气地回话：“丢不了，我都瞧见啦！跟小老虎挤成一团，睡得挺香，头上还趴着一只鸾鸟。”

他又慢吞吞包了一把果子在手帕里，全然不顾老桑树在旁边吹胡子瞪眼，语气里带着淡淡的怅惘：“时间快到啦，徒弟，自然就有了嘛。”

不远处，务相轻轻推开房门，走过来和他们站在一起，桑树也不再说话，三人并肩立在沉郁浓稠的夜色里。

山中的晚风浩漫清冷，水汽丰沛，擦过他们的衣带和白发，擦过三颗垂垂老矣的灵魂，擦过万年来在这天地间涤荡的亘古不变的长愁，往月亮里去了。

【四】

春夏之交的夜晚极短，像滑不唧溜的小鱼一样游了过去。初一被吵醒时，窗外车马声正扰扰攘攘地冲进屋里来，婆娑树影深深浅浅，映在身侧困得东倒西歪的几个小脑袋上。

原本蹑手蹑脚的家长们见他醒了，有些抱歉地笑一笑，低声哄着怀里的毛团子穿好衣服，三三两两地，慢慢都出去了。

此时西河驿的场院里挤满了各式代步用的飞禽走兽，白先生和他的核舟被一只翅羽大张的巨大红隼给戳到了墙角，正奋力伸长了胳膊砰砰地拍着窗框："起来了吗？我们要走啦！"

初一没有理会白先生。

他越过院里攒动的人头和毛茸耳朵，看到那些昨天夜里还和他坐在一块儿听故事的小崽子们，突然觉得有些寂寞。

那些孩子或骑在父亲的脖子上，或被牵在手里，还捏着爹爹给扎的蝈蝈笼，咯咯笑，新长出来的小牙尖尖的，露出一派天真的快乐。他们昨晚还和初一一起睡在地下室的通铺上，听一个巴蜀口音的老桑树讲故事，眼下就要分开了。

他们，都是有爹爹的。

初一用手指耙了耙蓬乱的头发，他一骨碌爬将下来，利落地系好衣带。临出门前犹豫了一下，又折返回去，把自己的枕头挨着墙安置在了大通铺上。

我还会回来的，他想。

走了一批房客的西河驿一下子安静起来，只有初一忙前忙后，几乎要在院子里重新蹿成一条龙卷风。他与哈欠连天的小茶神道歉，又在务相那里讨来一包辣椒籽，打算和有隧堂的玉兰树种在一起，甚至犹豫着，想把核舟上的木雕也拓下来送给老桑树。

然后就被探出来的一节树枝钩住了裤腰带：“哎呀，莫要慌，再见嘛，不是今年就是明年。”

桑树把他放在船舷上坐好，拍拍他的脑袋，又搁下一包桑葚果子。

白先生鼓起风帆。核舟凌空直上，升至白云边缘时，他忽然嘬起嘴唇嘹亮地打了个呼哨，底下立时就有长啸相和。

那啸声中气十足，带着苍莽感。像是自山谷和旷野里来，大风一样穿过乱石峭壁与漠漠春林，惊起鸟雀无数。

是务相，初一认出了那把在厨房里呼呼喝喝训斥锅碗和灶火的大嗓门。他打开桑树留下的手帕，望着圆鼓鼓的桑葚发呆。

核舟越飞越高，眨眼间西河驿已经看不见了，可啸声仍旧穿云破月一般回荡在四面，窗棂上糊的糯米纸被震得簌簌直响。

真奇怪，初一心想，我好像听出了告别，却也听出了不挽留。

白先生揉了一把初一乱糟糟的头发，又变回那副多提一点儿精神气都欠奉的懒散样，顺手捞走两颗果子，晃晃悠悠进屋去了。

核舟一路向东行去，过渝北，下嘉陵，绕过荆门，取道池州，沿长江而上走水路，终于驶入了大运河。

此时恰逢初夏时节，琼花已经落了，夹岸净是深浅不一的翠色，乌瓦白墙与刷了黑漆的门板掩映其间。

周遭实在太安静，一时间两人只听到哗啦哗啦的流水声，师徒俩竟胳膊抵着胳膊，慢慢睡过去了。桨橹声在梦中也一刻不歇，一漾一漾，摇摇摆摆地，他们进了广陵城。

广陵依水而建，大小河道密布，民居鳞次沿水道铺排开来，几乎家家户户门前都有一湾流水。

这里多码头多集市，河道中多行货船。长篙划水声、米袋落舱声、伙计吆喝声此起彼伏。岸上则是满目的人间烟火气，蒸水糕和三丁包子的笼屉高高摞起，水汽和米面香味能漾出去俩条街。

食物的香气老早就勾醒了馋虫。

白先生终于脱下那件灰尘扑扑的袍子，换上一身簇新衣裳，行动间浆洗得发硬的衣服料子窸窸窣窣直响。他别别扭扭地挪进舱里，正要叫那个被他当了半天枕头的小徒弟，却发现初一早已经攀在窗边，使劲揉瞪着眼睛向外看。

此时天光大亮，细蒙蒙的光纷纷挤过竹编帘子的细眼儿，星子一样尽数筛在他的身上，仿佛天地间某种静谧的预示。

白先生悄悄走过去，没有出声。

初一这小崽子，虽然总梗着脖子嚷嚷不愿做人，这一刻却没意识到，自己像只刚睁开眼的雏鸟，对外面这毛茸茸的世界生出了向往。他几乎是一瞬不瞬地盯着往来人潮，舍不得眨眼，也没发现白先生和他并肩望向窗外，难得没有开口揶揄。

核舟刚靠岸，初一就急吼吼地跃上了青石台阶。他使了点儿小心思，借着风力，像蓬毛小胖鸟一样飘飘然，动作轻捷利落，不像寻常小孩，引得四周赶早市的人们不住好奇地往他们师徒身上打量。

“你哦！尾巴都翘上天了！”

这一通折腾，刚才屏息窥看人间时浮出来的一点子灵气全都漏了个干净。白先生实在忍不住，扯狗绳儿一样拉住了初一的衣领子。

这傻子，自打进了城就兴奋，也不细想广陵不比西河驿，人多眼杂。他才懒得管小徒弟急于撒欢的心思，几乎是连拖带拽，把他给扯进了居民区。

白先生熟门熟路，拖着气鼓鼓的初一穿街过巷。有卖花女的歌声淌过白墙乌瓦远远传来，清透的乡下土腔里掺着女孩子脆生生的甜。白先生循声走过去，在一户人家的院墙边，找到了一个小姑娘。

红樱桃一样的女孩儿，穿对襟蓝褂和布裤，齐眉刘海被薄汗濡湿，打着卷儿贴在额上。两手白生生，正低头给铺在马头竹篮里的花枝洒清水。

“老爷买花吗？”

姑娘见有路人停下，把竹篮往前推了推，露出手腕上一块形状狰狞的胎记。初一抱着手臂冷眼旁观，发现白先生平时那副万事不关己的惫懒拖沓劲不知上哪儿去了，竟好像还有些紧张——光掏钱袋问价的工夫，就打了三次磕巴。

哼，初一扭过身子，专心去瞧巷子里的行人。

“不用叫老爷……你卖完了花，要去买蒸糕吃吗？”

白先生认认真真拨出散碎银钱，全部搁在女孩湿乎乎的手心。

“太多啦！”卖花姑娘惊呼一声要退还，却又和白先生相持不下，索性连花带篮子通通塞进他怀里，又摸出一串针线缝起的茉莉花手串，笑眯眯地捋到白先生手腕上。

“我是很喜欢吃蒸糕的呀。”

她摆摆手，一笑露出一对酒窝，红晕直染到鬓角里，透出满面的娇憨气。

“可是今天卖得好，能去买簪子啦！”

小女孩再三谢过，笑眯眯地退出巷子，踮着脚往街市去了，乌黑的辫子荡在腰际，一晃一晃的，长雀尾一样油亮。

她像一只满身露水的小柳莺，立在夏天早晨亮而柔和的树梢上。世界尚且温柔，风雨还未来得及吹乱她的翎羽。

白先生提着一篮花枝立在榆树荫下，刚洒过水的栀子花、月季花、玉兰花扫过他衣袖，晕开一片水渍。他一直目送着卖花姑娘拐出了巷口，蓝衣裳也渐渐模糊了，才慢慢转过身来。

初一不见了。

【五】

本地人爱吃个新鲜桃杏，常有小贩从乡下挑了扁担上城里来卖，竹筐里红心的毛桃和大黄杏堆成尖尖，看着讨喜极了。摊主中稍微机灵懂些门道的，还会编几套说故事的唱词坐在树底下哼唱，不多会儿就引来好些街坊四邻家的小孩。有娃娃来看，自然就有大人来寻，一来二去果子也就都卖出去了。

初一就立在这么一副扁担前面，望着一个缺门牙的小男孩。

那男孩活像个小癞皮狗，扯着娘亲鬼哭狼嚎、挤眉弄眼，胖乎乎的身子像要化了的饴糖，攒着劲拼命往青砖地上坠。一长串哼哼像是从牙缝里挤出来的，仔细听才知道，原来是在央求着再买两个水蜜桃。

刚才听唱曲的那一圈孩子重新聚到他身边围拢起来，大家伙儿嬉笑着现编起顺口溜，笑他没脸没皮。

真邋遢，初一心想，还净挑地上脏的地方打滚，蹭得衣裳都发亮了。

他倒忘了自己初到人间时又是怎么一副讨人嫌的样子，飞快地把上岸前白先生给的那两个铜板重新攥进手心里，扭身就要往回走，却被一只干燥温暖的手顺势搂住了脑袋。

是白先生。他捞起少年硬邦邦的肩膀一送一扭，把茉莉花手串捋到了初一的手腕上，连弯都不拐，直直地擦过卖桃小贩和那帮小孩往前走了。

“躲这儿看什么热闹呢！走，带你吃好东西去！”

昆仑山小霸王头一次被人这么亲亲热热地搂在怀里。

他僵硬着脖子不知怎么摆才好，既不好意思离先生太近，又莫名地想再偷偷多看一会儿那对母子。快出巷子口时，他终于忍不住在白先生臂弯的掩护下悄悄回头望了一眼。

哦，那男孩如愿以偿，咬着大桃和娘亲回家了。

了却心愿的白先生领着他去吃早餐，簇新衣裳就那么大大咧咧地撩在瘸腿条凳后面，老板颠着大勺挨个给一排空碗点汤汁，时不时有滚热鱼汤洒出来，他也没有空理一理。

师徒二人各怀心事，对坐大嚼。

皮薄肉厚的虾仁小馄饨拖着煮至透明的面皮，很敦实，像长白纱尾巴的小鱼，圆溜溜的，通通浮在红汤里，一口一个。

初一学会了给自己的碗里倒辣油，吃得直吸气却实在停不下来。白先生掰开芝麻烧饼泡进碗里，又把一份清汤推到他眼前，轻轻搅了搅：“刚才那个卖花的小姑娘，是我娘。”

这世上的生灵，除开石头里蹦出来的、风里化出来的，余下的都有自己的母亲，白先生也不例外。

被风托上昆仑时，白先生已经在人间流浪了七八年，当中的颠沛太多、流离太深，让他早就忘了自己的姓名。记忆里只有关于母亲的那一两页，被孤儿日夜抚摩擦拭，柔润得像一粒闪着微光的珠子。

“国破家亡，你懂吗？”

白先生用手指蘸了汤水，在木桌上写：国，家。

先是边防军溃败，再是城池被毁、国都内迁，父亲可能早已经横尸在了哪处无名荒野，村庄也付之一炬。他日日坐在母亲背后垫满棉絮的小背篓里，抬眼是被烽烟破开的苍天，逃难队伍中千人一面，人人都顶着一张惊惶疲惫的脸。

“现在回想起来，她那个时候也比你大不了多少，却已经做妈妈了。”

一路跌跌撞撞逃到南方城市的近郊，恰好又是小儿子的生辰，她悄悄离开乡民们的队伍，用缝在小棉被里的一只银耳环换来一大块填满红枣的白米蒸糕。喂儿子吃一块，自己也撕一小片抿在嘴里，一路上轻轻地唱着歌儿，就算把这个日子庆祝过了。

“谁晓得，回去的时候和一支敌军的小队遇上，马蹄一踏，丢了半条命，后半夜人就凉了。”

烧饼碎屑和黑芝麻零星散落在桌面上，泼出来的汤汁一冲就顺流淌到桌沿底下看不见了。白先生刚才写的那两个字也快要蒸发殆尽，只留下模模糊糊的宝盖头上形影相吊的那一点。

“我就这么，成了孤儿啦。”

白先生替初一抹抹嘴，听得愣神的小徒弟居然忘了避开，先生又拍五个铜板在桌面上，牵着他慢慢往码头走。早晨的风很轻软，初一歪着头，感觉到自己的脸颊像是被极软和的一只手轻轻地抚了一下。

是风，风喃喃在他耳边说话。他突然福至心灵：“先生，你小时候，就是在这里？”

“是这里，不过今天是头一回来看她。”

“以后咱们还来吗？”

“以后你来吧，我啊，不能来了。”

【六】

平原地带的太阳好像落得格外快，像溏心蛋一样在水面上滚一阵，就慢慢浸到了水底。

暮色已经降临，月牙也升到了柳树梢头，天快黑了。核舟行在河道中，缓缓驶离广陵城。

初一坐在舱里，破天荒地翻起白先生放在书箱中的书来。桌案上搁着一只竹子编的小簸箕，簇新的，仔细瞧还能找到未被削净的毛刺，里面红艳艳的几个果子，正是白先生买来的水蜜桃。

他口水哩哩啦啦地叼着桃儿，手指顺着书页一行行往下找，才读到前朝武将孙泰以死殉国，心神一震，大桃子再也受不住悬空的力，骨碌碌滚到了地上。他忙不迭地去捡，突然听见窗外有歌声传来，像是谁家母亲在哄孩子入睡。

方才还慢悠悠漂在河面上的核舟猛地腾空而起，劈水淋漓，掀起两道水帘，裹着晚霞往东北方向飞去。

“干吗急成这样，咱们这是上哪儿去呀？”

白先生又没念避风咒，大桃离了簸箕，被从窗口灌进来的大风一推，差点儿摔成烂果泥。初一手忙脚乱地稳住四处乱飞的果子和老桑树送他的偶人，气得他把前舱的门板擂得咣咣响。

“上东海去！”

白先生大声答道。他从储风的木架上挑出一只瓶子，拔了木塞随手扬出窗外。

那是一瓶熟透了的仲夏晚风，在空中逶迤成一条热气腾腾的大尾巴。满瓶子翻滚的雨云和水汽，都嘻嘻哈哈地笑着一股脑儿地散进了天地里，远处广陵城的绿意又深了一层。

风声大作，是大雨要来了。初一努力伸长脖子向后看，远远望见唱歌的母亲慢慢合上窗户。

师徒二人在夏日的第一场雨来临前，驶离大陆。

海洋越近，空中的云层越厚。深重的水汽在高天中堆垛出两壁耸立的、带着海水咸味的云壁。

生活变得安静起来，只余下大风、船帆、不竭的浪涛和云海，还有海风里晾晒的衣服。

白先生和初一像是达成了某种微妙的默契。他们白天上课、读史书和诗歌，捕一些风又放走。夜里修习符咒，把吃饭用的竹筷变成指天的大笔，指点满天星辰辨认方位，还偷偷给月宫画假的桂花树——为此他们被气咻咻的吴刚砍坏了不少筷子。

初一长高了。他初来乍到时身上那件缝补丁的旧衣服，袖管已经缩了好长一截，卡在少年人开始变粗的小臂上。白先生从箱子里取出一件自己的旧褂子给他换上，看着严丝合缝的肩线，也揣着手学茶馆里那些拿腔拿调的老头儿，年轻清俊的脸上努力堆出一副老怀大慰的滑稽表情："小鬼长大了，能捕风喽！"

嗤，年纪轻轻装什么老成持重。

初一连眼皮都懒得掀，卷起一本书就跑出去，边读书边看他架在船头的捕风瓶有没有什么动静。

白先生边哼着歌儿边翻出小刻刀来，调子是广陵城尽人皆知的杨柳青，歌词是他现凑的，"初一啊捕风摔个狗啃泥哟嚯嚯咿嚯嚯"什么的，活脱脱是一副为老不尊的模样，他边笑眯眯地唱着边弯下腰，轻轻地在木桌上又刻了一道。

这老核桃木矮桌的边角一共刻了三个半正字，白先生逐条数下来，心满意足。

初一那小崽子，足足十七天没有提不想成为人这件事了。

好像只是一眨眼，播下的种子就已经冒出了脑袋，一茬青茸茸的小苗，铺在一望无际的田野里。

【七】

海港小镇锦州城中有座锦山，植被不算丰茂，山势也谈不上奇崛，声名却远播四方，全因锦山顶上有座镇海楼。

这楼始建于哪年也没人能说得清，似乎已经立在山顶上近百年了，原先只是个望海楼，夜夜有巡山人负责点灯，以此作为海船昏夜入城的标志。数十年前的一个暴风雨夜，雷电交加，风雨大作，有滞留在楼里的巡山人坚持说，夜里见到了神兵从楼中的砖画里挣脱开来，扎进雨幕与海中卷走渔船的恶蛟缠斗，由此改称为镇海楼。

这天下午核舟行至渤海湾，已是到了锦州城辖域。白先生兴冲冲招呼初一把船帆收起一半准备降落，打算从海港靠岸，去见见老朋友。初一哈欠连天地把绳索绑在桅杆上，松松地打了个活扣，拖着腿脚扎进床铺倒头就睡。

初一醒来时是黄昏，剧烈的颠簸晃醒了他。他踉踉跄跄地爬起来开窗，平日里湛蓝轻缓的海波陡然变作拍岸惊潮，泼墨一般的浓云与沉沉怒涛将海天连成黑压压的一线，间或有炸雷落在耳畔。

舱里倒还干净，白先生的符咒使核舟水雨不侵，只是风浪实在太大，平日里披风沐雨的神物在暴怒的海上沦为一件小小的玩具，好几个浪头拍过来都只是险险避过。

风雨越大，核舟颠簸得越狠。初一奋力冲上甲板，之前给船帆系的活结已经被挣开来，帆骨发出令人牙酸的嘎吱声。他从怀里摸出术法书，捻着书页乱翻，补丁一样的符纸一连数张，飞箭一般射出去甩在船体上。

初一还不能独当一面，不过这些半吊子手艺眼下暂时也够用了。

核舟迅速平稳下来，贴着海面漂流。初一极目远眺，看见大海中央有狂风卷集，有些原本已经停泊在港口的渔船被挣断了缆绳扯在当中，而原本该在里头捕风的白先生，却不在其中。

少年人的牙关不知何时越咬越紧，太阳穴跳动如鼓。而不远处的海面上，白先生随身带着的符篆袋夹在波涛中间，正拼命护着满肚子的符纸，见初一总算冲出了船舱，勉力朝他挥舞自己两条湿漉漉的绳扣，呜呜咽咽地喊救命。

这下完了。一道霹雳划亮整片海域，墨黑的大海上哪里还有白先生的影子。初一怔在当场，他心想，白先生已经遇险，我这半吊子手艺，怕是连塞老龙王的牙缝都不够。

而另一边的白先生呢，又实在是有些冤枉的。

老友重逢，总是要提着酒水上门才好。没等核舟靠岸，白先生就按捺不住满腹的馋虫，逮住条浮到海面上换气的大鱼，略施障眼法，乘鱼脊稳稳当当地从海港上了城。

锦山高高翘起的庑殿顶上坐着两个人，一个屈着右腿盘坐，另一个浑身没骨头似的瘫着，嘴里叼一只盐水毛豆咂吮得啧啧有声。此处居高临下，就是镇海楼了，没正形的那人想也知道是白先生，边上那位，则是传说中镇守在此的武人。

他本是前朝戍边大将，祖上三代都血里有风，可叹大厦一朝倾覆。他在来回奔袭的途中力战而衰，挣扎着提了长枪沉海殉国，怒海葬英雄，当真称得上生荣死哀了。

有渔民敬慕其忠勇，冒险打捞起他的尸首，悄悄埋在了望海楼边上，倒是一群护国神兵始终未见天日。

又过了许多年，白先生在这里收捕大风时得到了他的帮助，两人就此成为酒友知己。

二两陈高下肚，酒入百结愁肠。武将撂下酒碗，扯平一身旧皮甲："虽说这一趟是你来同我道别，但实不相瞒，我这一缕孤魂也撑不了多久了。"

他站在年久失修摇摇欲坠的瓦檐上，浑身筋骨只堆出一个人形，显不出丝毫重量，整张面孔除了笔直的鼻梁外其余五官都是平钝温和的。太阳就要落了，他陷在余晖里，就像个普普通通的老兵，校场一天的训练结束后，正穿着皮甲提着头盔，慢慢往家走。

"总算是等来帮手了，陪我去找我的枪吧。"

许多年以后，白先生已经变成了住在有隧堂乌木柜里的一缕风。他常常和前辈们一块儿挤在天井里头晒太阳，这些又老又聒噪的家伙总爱把那些仅存的一点点记忆翻来覆去地讲。

风雨、花香、擦得锃光瓦亮的一箱铜钱、每年春天仅上市半个月的虾仁面，林林总总，各形各色。轮到白先生时，他努力想了又想，还是只能讲出小徒弟头一回捕风的样子——湿漉漉的毛头少年，满身都沾着废符纸，胳膊底下紧紧夹着一只仍在嗡嗡响的风瓶，肩膀上还挂着个抽抽搭搭哭泣的明黄色符篆袋。初一磕破了脑门，大概是撞上了礁石，看起来狼狈极了，瞳仁却雪亮，他怒气冲天地揪住白先生的衣领子想把他从海水里拎出来，一张嘴却已经带上了哭腔："你上哪儿去啦？"

我上哪儿去啦？他缩在满院素馨花瀑布一样的枝条中拼命回想，却怎么也想不起来了。

唉，白先生是去替武将打捞那柄长枪了。

百年人事尚且有代谢，更何况是铸铁死物。一个神魂不定的孤鬼再加上一个只会驱使风的小小神差，在苍茫大海中寻觅得极为艰难。而且风浪只在海面蹈起滔天的势头，深海之中倒是波澜不惊的。白先生对外头的一切都浑然不觉，初一举目望去却只能见到泼天的雨幕，这已经让他慌了神。

只是一眨眼的工夫，初一就已经做出了决定。

他飞快地返回船舱中，囫囵抓起白先生的瓶子和捕风网，又卷走一把平日练习时画的那些乱七八糟的符咒，一鼓作气地冲进了雨帘里。

初次御风的少年脚踏万顷怒波，在被闪电照彻的天地中快得像一支穿云裂日的箭，他在心里把口诀念了一遍又一遍，刚一撞进大风中心便劈头抖出巨网，当即将一股黑沉沉的暴风绞进瓶中。

首战告捷，可初一并未放松警惕，他正欲往暴风的中心扎，周围的狂风陡然扰动起来，这一阵骚动来得那么突然。惊得他像一只雏鹰，满身绒毛倒竖、翅羽偾张，却发现这些海上来自四国的风，轻轻拢到他身边，亲昵地包住了他。

风的孩子，撞进了故人怀里。

万里海波上，大风裹着翻滚的雨云，缓缓聚拢后齐齐向他垂首示意，转瞬之间便四散而去。

天地间碧海潮生。

自然之力实在令人咋舌，初一傻愣愣地站在礁石上，感受到既熟悉又陌生的力量像潮水一样从他心口打过，潮乎乎的符纸贴在他脸上也来不及揭。方才的惊涛骇浪像是被一只大手轻轻抹平了，一切都恢复了平静，除了……岸边涌起的一个小漩涡。

初一看着海面上冒出来的一角熟悉的袍带，满腔悲愤再也抑制不住。他一拍礁石，大喊着向岸边冲去："师父！"

白先生突然觉得自己晕乎乎的。他晕乎乎地被落汤鸡小徒弟、哭唧唧的符篆袋、来凑热闹的大海鸟扑了个满怀，又晕头转向地把好不容易捞到的长枪拖上甲板，驾驶核舟一路歪歪扭扭飞到了镇海楼。

但后来是怎么帮忙将长枪和武将埋在同一个坟墓里，又怎么干掉了两坛陈年高粱酒，他是一丁点儿记忆都没了。

至于武将第二天说他一直嘿嘿傻笑追着初一跑，还嚷嚷着要再听他叫一遍师父的事儿，白先生是抵死不认了。

离开锦城时已经接近正午，师徒二人去武将的坟墓前拜别。很小的一个坟包，石碑上的字迹已经有些模糊不清了，白先生放下酒坛，用朱漆一笔笔给他慢慢填上姓名：孙长平之墓。

真巧，初一替先生端着赤红的一碗朱漆，抻着脖子看白先生描碑。

多巧啊，他想起那天在书上读过的那位以死殉国的前朝武将——这人与孙泰将军竟是同名同姓。

再执着的念头、再忠勇的魂魄，也抵挡不住时间的冲刷，终究还是要魂归魂，土归土。

不怕，我还有时间。初一有些庆幸，但他却忘了问师父还有没有时间。

蝉鸣自树林中渐次隐退，白先生提笔勾上最后一画后深深作揖。夏天要结束了。

【八】

立秋之后，越往北边去天气越凉。

核舟从东海起航后转舵直插入内陆，一路向北方飞行，此时已经到了草原，满目层叠错杂的黄褐色植被柔顺地倒伏在一望无际的原野上，人的生活轨迹变得稀疏。这里的冬天来得极早，晚上竟然已经开始有了滴水成冰的苗头。

这样的冬夜里，实在是适宜围着火炉吃烧锅子。

白先生不晓得从哪里弄来一大块新鲜白萝卜，和腊肉一块儿下到锅里浓浓地熬上一锅，驱寒化燥，别提多美啦。初一就着火炉恨不能将头脸埋进吊锅里吃才爽快，倒是白先生这向来在解馋偷懒诸等大事前分外积极的人，只矜持地喝了一小碗就坐在边上捡树枝拨火块。初一抹抹嘴，也有些没了心思："这一路越来越荒凉了，连牧羊人都见不着几个。咱们这是上这儿来做什么啦？什么时候回家去？我不想在外头过年……"

白先生笑眯眯地用火叉拍拍炭块，突然来了兴致："回家？在外头过年？小崽子现在怎么不提要偷跑的事儿了？"

哼，初一气鼓鼓地捞起汤勺，毫不客气地把最后一点儿吃食连肉带汤都舀了个干净。他咬下一大口甜滋滋带胡椒味的萝卜块，觉得自己实在是咸吃萝卜竟淡操起了师父的心。

白先生这几天倒很发愁。

虽说他也是新手，这一路磕磕绊绊的，眼见着是把孩子带大了，可是他好像从一开始就忘了说，自己这一趟出门，究竟是来做什么的了。

捕风人一代只有孤零零的一个，每代人不多不少，得二百年寿辰。换句话说，自从把初一领回有隧堂起，他的生命就已经进入了倒计时。这几天他一日醒得比一日迟，连胃口都在飞快地变小，可见时间已经不多了。

可是，要怎么和孩子说呢？

吃饱了萝卜腊肉汤，白先生使了个眼色，原本懒洋洋靠在炉火余烬边上打盹儿的抹布见装睡不成，不情不愿地爬起来去洗碗。白先生犹豫再三，捏着一本皱巴巴的《大风》，亲亲热热地挤到初一身边坐下："咱们……咱们来抽背一下捕风六法则吧？符咒呢？那……要不我们比赛看谁画符最快？"

初一把手里的旧书倒扣在桌面上，皱皱鼻子，面上带点儿自以为沉稳的大人气，很嫌弃地说："不背、不背、不比。到底什么事？"

白先生长叹一口气，手中书页卷了又卷："前面那块草原，就是每一代捕风人化风的地方。你既然是我的徒弟，也要去看一眼的。"

哦……初一翻过一页书，心想，没什么好看的吧，前辈们不都在有隧堂的乌木柜里嘛！

可是第二天夜里，他就在睡梦中被仓皇的白先生叫起来，裹了外袍，迷迷糊糊地下了核舟。

后来的许多年里，他都无数次地回想起前一晚的对话，炉火、热汤、星夜，还有师父欲言又止的神情。

初一被白先生拖出核舟的时候天色还很暗，草原仍然在沉睡。四野寂寂，脚步和呼吸声被放大了很多，星子极多极亮，缀满了苍穹。他们一路往北行去，直深入草原柔软的黄褐色腹地。

一路上又冷又困，白先生破天荒地没有弹初一的脑门，只是拖着他慢慢说话:“什么是大风有隧，你知道吗？”

“风……自有它的来路。”

“嗯，不错。风从何处来？”

初一被问住了，风从何处来？他连自己为什么会被生出来、哪里来的风成就了他，都不大清楚，更何况这世上到处都有风？

白先生捉住他的一只手，笼在低矮的草茎上，有细小的微风穿过叶片，发出簌簌的轻响，这些声音汇聚在一起向前滚动，在草原上凝成起伏的浪。

“万物以息相吹。”

初一的手扎在干燥柔软的草叶里，无数的风从草茎间穿过，它们笑嘻嘻地碰一碰他软乎乎的手掌，又飞快地跑远了。

“万物以息相吹形成风，风又和宝物结合成为你。你就是万物的儿子。”

“咱们说起来是被风选中，其实是被这天地给认定了。风自万物来，又散到各处去，捕风人也一样。”

白先生笑着，就像头一次见面时那样一下一下抚摩小徒弟的脑袋，动作又轻又慢：“你是有母亲的，就是这天地啊。”

初一直觉有些不对劲，他没有像从前那样扑棱脑袋，甚至还本能地往白先生怀里又蹭了一下。

“而我也要变成这万物之息中的一缕了。”

白先生的话如同一道炸雷，将初一死死钉在原地动弹不得。

原来如此，原来如此！

他猛然想起离开酉河驿时白先生和务相久久不断的啸声相和，想起离开广陵城时卖花姑娘唱的儿歌，还有一路上的倾囊相授，得知自己学会捕风时三日不绝的傻笑。

他明白了，师父这是要离开他了。

风的遗孤，刚刚学会人世间的准则，就要饱尝生而为人的困苦。他扯住白先生的衣襟，想像那个在广陵城见过的小男孩那样，躺在地上打滚不撒手，可他拼了命地呜咽，也只是在眼中迸出两行热泪。

“你是个好孩子，师父很高兴，也能向列位前辈交差了。我教给你了我能教的全部，生死一门的道理……理当也由我来说。”

一个只会在街头同人撕扯抢食的孩子，被旁人鄙弃野性难驯，连他自己都始终不信做人会有什么好处，一心想找个法子逃回江里去，却在这短暂的旅途中被一点儿一点儿改变。

友情、义气、忠诚、亲情，人类高贵的品质填满了风的孤儿的心。直到最后，白先生，如父如兄的师长，教给他生离死别的含义，就像定音锤一样把所有的情感砸进他的心里。

——“因为他啊，有了心。”

初一还是不愿意相信，他紧紧攥着师父的袖子，大哭出声：“你骗我的吧？！你又骗我的吧？！哪有一收徒弟自己就要死掉的道理！”

远处草原与天际相接处泛起一道浅蓝色的光，就要日出了。

白先生想要接着拍拍他的头，却发现手掌已经发白，他用袖子遮住，眼珠子一转，又露出那副懒洋洋的笑模样来：“我什么时候骗过你？不是你来了我就要走，是时间到了就得收徒，这一行要是断在我手里，我那孔方师父还不得举着个大钱箱子满世界抡圆了捶我。”

初一笑不出来，反而哭得更厉害了，他像是要把诞生时欠下的啼哭都还回来一样。他想再用不肯做人的话来威胁白先生，却到底没有说出口。

远处万道金光乍现，将天地镀上一层柔和的金光，莽莽荒原在晨光中像极了金色的麦浪。白先生眯着眼睛看过去，小声说：“师父要走啦。一会儿变成一缕只会吼‘《大风》背了吗’的风，你也不能丢下我不管哦，要记得把我带回有隧堂，和你师祖孔方收在同一格里。”

初一连忙抬起头想要再看他最后一眼，却只来得及望见一缕轻烟。

师父没了。

少年人怔在原地，号啕出声。

也不知道在草原上站了多久，眼泪早就渐渐止住了。初一呜呜咽咽，突然听见有人在说话。好像有千百个人，窸窸窣窣地围在他身边小声安慰一样，他迷迷糊糊愣了一会儿，想起在有隧堂听过这样的声音，是前辈们。

他赶紧擦了一把脸，抬眼四望，却看见袖口上缀着一小缕风。也不晓得是在那里待多久了，能不能看到自己满脸涕泪的表情。虽然没有言语，可初一却觉得这股子又欠又懒的劲头熟悉极了。

他哽咽着从腰间解下一只捕风瓶，赌着气拈住它，想要把它装进去。可到底还是小孩心性，又想听听白先生是不是真的变成了只会吼他背书的风。

初一犹犹豫豫，轻手轻脚，把这缕风举到耳边。

什么也没有。

骗我的吧，一定是骗我的！他忍不住又要哭出声来，突然感到手里一动，那风轻飘飘落到了他鼻尖上。

是扑鼻的甜香，和那天早上在广陵城白先生捋到他手腕上的茉莉花串一个味道。

初一甚至觉得自己能听见他憋了好久的坏笑。

还是骗我的嘛！

长大成人的少年郎，站在北方草原的朝霞里，哭出了鼻涕泡。

捕风

子时三更……

虎大王

“回味楼的鸡丝面好吃，就是新来的伙计太不和气。”姑娘看着眼前埋头喝粥还不忘朝嘴里塞包子的小工，想起刚才食客结账时的牢骚，有些发愁。

小伙儿瞧老板娘皱眉，撂了筷子急匆匆发问：“谁欺负你了？我去解决！虎大王谁都不怕！”

说着捋起袖子就要展示胳膊上的虎斑，吓得姑娘赶忙按住他。

唉，还是老实忠厚的。她看着小伙计亮晶晶的眼神，想起半个月前虾仁汤包出笼时贴在厨房后玻璃上那个眼冒绿光的，还用爪子可怜巴巴挠门的饿汉，觉得自己捡来的伙计……虽然奇怪但还挺好用。

到了夜里回味楼打烊，收拾完大堂的老板娘穿过后廊，准确无误地在小火煨着砂锅粥的灶台旁找到了她的伙计。她拎起那只睡得正酣的虎斑猫，把它垫在身下的工作服扒出来准备拿去洗。

“虎大王？”

她挠挠它的毛肚皮。

“喵。”

大猫翻了个身。

大盗

大雨，路边的茶棚里聚集了一群走江湖的人。

热茶灌下肚，胡椒面的香气从胃里烧上来，众人纷纷聊起江湖秘辛、朝廷政事。从丞相家在夜里才打开的角门，讲到销声匿迹的神偷大盗，一时间各人脸上眉飞色舞，碗筷叮当。只有角落里坐着的汉子一直不吭声，带着个半大孩子分一碗面，斗笠下压着看不清的眉眼。

“爹，你说，他们刚才讲的那个大盗后来……去哪儿了？”

小男孩趁着他爹晃神，偷偷把挑出来的菜梗攥在手心里。

男人伸手擦掉小孩嘴角的葱花，眨眼就从他怀里捏出一个小小的油纸包。

“他呀，哪儿也没去！专偷挑食的娃娃藏起来的糖瓜！”

假早点

等小猪赶到学堂的时候，先生已经领着大家把变身口诀念过一遍了。

它趴在窗台上瞧了一会儿，搓搓两只泥乎乎的蹄子，黑豆眼一转，决定悄悄溜回家看动画片。可它刚滑下去，就被边上桑树枝钩住了裤腰。

“又睡过了？”打着卷儿的细枝子挠它痒痒。

小猪哼哼叽叽地挣扎道：“才没有！是卖早点的奶奶骗我！我……我吃了三碗辣油小馄饨，也没早点到！假早点！”

包裹

老街公交站台的条凳上放了个小包裹。

布包绣谷粟，里头满满一盒糕团，最上面盖着字条：承蒙街坊照顾，幼子已满月。

上班族拈了绿豆糕就急急跳上公车，小学生仔细选了块玫瑰团子捧着边走边嚼，老爷子买菜回来也拿块薄饼，没多久布包就空了。

街拐角，大公鸡带着一串鸡崽子慢吞吞踱出来，叼着空包裹回家了。

礼物

梧桐飘絮那天，叶先生的耳朵里进了只虫。

就像突然有了隐形助听器，青团的抱怨，雨滴落在伞面的惊呼，樱花打哈欠，他全都能听着。

他每天在记事本背面记录这些稀奇古怪的声音，直到昨晚被敲窗户的声音吵醒。

“多谢您记得我们。”

落花小声道谢。

“我们想把春天作为礼物留给您。”

他的耳朵一轻，手心躺了颗梧桐籽。

挣钱难

小黄皱着眉，下巴搁在琴上直叹气。

出师第一单生意就是伴奏，硬领衬衫和王子结叫他浑身不自在。他悄悄去够杯子蛋糕上的大草莓，却被突然落在琴弓上的纸鹤吓了一跳。

“别光顾着吃！”

纸鹤一张嘴把师父恨铁不成钢的语气学了个十足：“尾巴都快甩出来了！”

唉，挣钱好难，下次还是去咖啡馆卖萌给人摸毛好了……

三颗光头

三月暮，红杏深花菖蒲浅芽，禅房后院一溜花草中扎着三颗光头。

大和尚拿小瓢浇水，睐着三个小沙弥倒立半晌才慢悠悠开口：“想清楚了吗？”

顶头那位表情沉重：“我不该逃了早课去斋堂自己蒸馍吃。”

二师兄有点儿委屈：“我不该逗小师弟说馍里放带壳老山核桃能长寿。”

最小的哭个不停：“我不该把核桃馒头放在师父碗里……”

喜欢

· · · · · ·

不动声色真是个好看的词语啊！

小桑树伸着脖子听学堂里先生教书，想象自己袖手立在初春纷纷的雨水里，悄悄用叶子遮住来避雨的黄雀。

它沉浸在这样的想象里，几乎要笑出声来，丝毫没注意小雀此时落在它的发顶正梳理翅羽。

“在看啥？”黄雀问。

小桑树一惊，青果子和树枝子簌簌落地砸了行人一个乌眼青。

“啊，你，你来啦！”

听戏

· · · · · ·

月圆夜，农夫急匆匆行走在夜色里。

却望见前头有一处小村落，此时正灯火煌煌，管弦大作。听路人议论原来是狐姥姥做寿，举族庆贺。

这农夫偏是个戏呆子，一跺脚一壮胆，竟然也混在赴宴的妖族里。他被来招呼的小狐狸分到了不错的位子，列坐其中，众狐却一点儿都没有察觉，一时间也得意起来，斟酒听戏，快活极了。

天亮时农夫醒在田埂边上，袖子上还被踩了几个灰爪印。他掸掸满身尘土，正要返家，却突然摸到一把别在裤腰上的枯萎了的狗尾巴草。

哎，怪不得没人认出我。

他挠挠头，想起领座的小狐狸冲他挤眼的笑模样，还有昨夜一直在他背后甩来甩去的毛尾巴。

电饭煲

凌晨的小吃街，老耗子带后辈来踩点。

“卤鸡爪的十点多会打瞌睡，臭豆腐没油水，桥头……”

老耗子顿了顿，表情严肃：“看到做粢饭的一定要跑，别回头。”

“我亲眼见过那老太夜里不睡觉，敲着饭勺唱歌。那些米哟，着了魔似的开始跳舞，排着队跳进围裙兜里。她自己‘唰’的一下，变成了一只电饭煲！”

渡劫

云聚为雨，一时风雷。

白云观后山的千年老树眼看着渡劫不成，萤火样飘散的神识浮在空中，竟然有一部分钻进了三清阁的蒲团里。

于是观主无奈收了一位年轻的关门弟子，诵经打坐都有模有样，就是走路磕绊。

夜里厢房外常有重物坠地和哼哼叽叽的呼痛声传来，靠门睡的师兄闭着眼就能将起夜又摔了的师弟拎回房。

午夜公交

接无常们下班的三桅帆船送去维护了，阎王大人大笔一挥，不知从哪儿弄了一辆风尘仆仆的老式公车来做替换。

于是午夜的路上，常常有加班的上班族或者买夜宵的学生党哈欠连天地发现自己上了一辆奇怪的公车。

愤怒的黑无常找判官抱怨：“我又被认成coser了！！那个拼星星的姿势太奇怪了，他们还逼我合照！”

平安夜

平安夜，年轻的实习生粘好白胡子，开始了驾驶雪地摩托投递礼物的旅程。

到了天亮，见习圣诞老人坐在公园里取下假胡须，看看空掉的车斗，十分欣慰。

“请……请问我有礼物吗？”

圣诞老人低头一瞧，是一只小仓鼠扯住了他的裤脚。于是英俊的圣诞老人翻遍衣兜，和小仓鼠分食了一个红苹果。

世界温柔，每个人都很快乐。

补天的婆婆

镇上来了个做泥人的婆婆。铺开旧毛毡，手里的铃铛甫一摇响，各家小孩就把推车围得水泄不通。

“你捏的孙猴子夜里偷吃了我的桃！”

小男孩扯着婆婆的袖子说悄悄话。

“我控制不了这些嘛。”

婆婆挤挤眼，赔他一只陶猪。

“我今晚要去补天上的窟窿。”

婆婆用裙褶遮住自己盘起的蛇尾。

“你们就别来我家听故事啦。”

酒香

三月十五开春市，百货琳琅。

摊档之中有个卖字画的书生，一日下来竟无人问津，丝毫没有进账。

做炸货的老头儿见他可怜，给他盛了碗春卷送去。

“我给您画坛好酒。”

说着青年运笔如飞，转眼就裹好了纸卷叮嘱老人回家再看。

于是到了掌灯时分，半个昆玉河都弥漫着陈年花雕开封的香气。倒是那书生送的画，重新变作了一张空空如也的白纸。

龙须糖

二月初二，暄软多孔的云气在化冻的池塘中倒映着浅浅一汪。

阳光给它刷上香甜饧糖，这工序反复二十次，直至夜风将它吹凉。

到了月上中天时，睡醒的狐仙折一枝绿芽初萌的柳条，轻轻一挑把那层脆薄光滑的云影揭下，折叠切块再撒细霜，切块之后用油纸包好。

第二天交给乔装成人的黄鼠狼挑着去街上叫卖，是为龙须糖。

龙须糖

龙须面

新聘的梳洗倌又被辞退了。

老龙王心疼地托着下巴直哼哼："总共就几根须须，这些个蠢螃蟹又给我揪了！"

秃下巴龙王总显得不甚威严，索性甩了袖子上岸逛去。

人间真热闹啊。嚯！好鲜亮的一溜糖人！噫！圆乎乎满铺炊饼！欸？哪儿来的香味？龙王伸脖一瞅，小摊旁几个横着走的伙计瞧着极眼熟，招幌上书：龙须面。

渡船

河滩多乱石，村民出行全靠渡船。

撑船的是个年轻后生，瞳仁极亮，像是能看穿大雾，从没出过事，更不收钱。

老爹贩鱼回来，搁下一兜河蚌，姑娘去摸藕，捞到圆石头也送他。

晚上他就把小船拴好，翻身入水。衣服和斗笠浮浮沉沉，化成青绿荷叶。

“早点儿睡咯！”

村人行在夜色里，冲江面上磕河蚌的水獭远远挥手。

阴曹景点

旅客朋友们大家好，现在您所见到的就是阴曹著名景点三途河。河水无浮力且水鬼密布，妈妈们看好小孩不要撩水玩。

沿岸盛开的彼岸花被人间传说称为接引花，实际上只是我们第六殿的阎罗因为上班迟到被罚劳作的成果……前面奈河桥，可购买中华老字号孟婆汤，啊别闹！孟婆是那男的！

咳，抱歉失态了……

小朋友不要拽马面的尾巴！

美好周五

周五是野猪先生去镇上的日子。

为此它准备了缝垫肩的灯芯绒外套、旅游鞋，还有一支英雄钢笔——没准儿会认识什么新朋友要和它互留地址呢！

它总是着迷地看着那些商铺，为呱呱叫的橡皮鸭子而惊叹，然后提一兜土豆和下班的人类一同等公车。它为自己的完美表现而骄傲。

“多好的周五啊。”它感慨。

“是啊是啊，做人真棒！”

身边也买了土豆的胖子连声附和。

两位在夕阳下快活地甩甩尾巴。

不算『树』

“你说话不算数！”

小狐狸看着光秃秃的苹果树，气得一屁股坐在地上，怀里的枣泥饼滚了满地。

“讲好了要把果子留给我，现在都没了！哪有这样的！”

挨了骂的小树捡起饼子，吹吹灰，毫不介意地往嘴里送，一口一个，末了拍拍手拖出装满红苹果的竹筐：“早准备好啦。”

然后看着又高兴起来的狐狸小声嘀咕：“我会说话，本来就不算‘树’。”

老教授

凌晨三点，研究所北楼一间实验室准时传来离心机的声响。

头发蓬乱的老头儿伏在桌上记录数据，鼻梁上的玳瑁眼镜虚悬，镜腿裹着白胶布。

时间不多了，不多了，他一边飞快地测算一边自语，直到一切又归于平静。

走廊上每隔两米挂一幅已故教授的照片，属于他的那张寥寥两行简介，阳光照过去，眉睫犹栩栩然。

白马寺

某处山野村头有一座白马寺，窄小破落，正殿供不起金裹佛像，只一套马鞍放在佛龛上。

“那庙没啥意思，不供香火也罢。”村民们都这么说。

日子久了只剩个性情温厚的小和尚还守着场院，提水洒扫，暮鼓晨钟。山峦日夜沉默不语，唯有鸟雀走兽听他唱诵。

后来山洪暴发，他用脊背挡住了衰朽的房梁滚向山下的村庄。

人们都说那天夜里，看见一匹通体雪白的骏马驮着他往西去了。

暴雨梵音里空中出现一条发光的路。

白马寺

最佳造型

……

女生宿舍静悄悄的。

白衣女鬼从监控探头里爬出来，一路扶正了方向不一致的牙刷柄，顺便端详了一下班花的睡容，这才慢吞吞地在角落里扒出黑色的拖把头。

啧，昨晚光顾着偷看怎么画烟熏妆，居然把假发忘了。

她拍拍墩布上的灰尘，撩到眼前放好："明天的恐怖人物盛典，经典造型奖非我莫属嘛！"

飞头獠

……

九尾的下铺睡着一只飞头獠。

这天夜里它迷迷糊糊地起床去厕所，愣是被一颗吭哧吭哧调整角度、企图从窗户缝里飞进来的脑袋吓到了。

“哎，你醒啦，快帮我把窗户开大点儿！”

室友拖着两行鼻血，慌忙求助。

“啧，你怎么弄了一脸血？”

“我偷看人类刷微博，他手机砸我脸上了，呜呜呜。”

午夜尖叫

午夜的旧公寓忽然传来尖叫，整栋楼的应急灯都因为电压不稳忽明忽暗。

“你鬼叫什么呀！”

这边在看《惊情四百年》的吸血鬼不满地瞪了刚回家的室友一眼。

哼，弄得满屏幕雪花，真讨厌。

穿白色长裙的女鬼拍着自己胸口，惊魂未定：“刚刚那个学生居然把物理试卷贴成一个叉封住电视机！我满眼都是电路图！好恐怖的！”

汤团

大黄狗脚步匆匆，终于赶在下雪前回到家。

它从外套里拿出还热乎着的一盒糯米汤团，递给小兔子。

“我吃饱啦！”

它摸摸肚子示意小兔全部都吃完，然后收拾饭盒早早睡觉。

烤土豆消化太快，大黄狗躺在床上肚子咕咕叫，它吓得赶紧捂住小兔的耳朵。不过小兔真好看啊，大黄狗凑过去舔舔它的白胡子。

嗯，汤团果然是甜的。

冒泡泡的下雨天

下雨天光顾小吃摊的人很少，大爷坐在推车旁发呆。

“我要一根烤肠！”

低头一瞧，一只举着铜钱草的小青蛙正蹲在台阶下。

“我想吃烤肠！”

它鼓着两腮把铜钱草举得更高。

摊主琢磨片刻，给它用牙签串了半根香肠。客人很满意，放下细长草茎转身蹦进了花圃，老爷子捡起来，插在倒了雪碧的玻璃杯里。

冒泡泡的下雨天。

腊八粥

天下着雪。道人在乡野疾走，腰间寻妖铃纹丝不动。

“道长来喝腊八粥啊？”

掀帘子进小店，掌柜一看熟客面孔就招呼上了，一勺盛着菱米花生各色小豆的热粥滑进粗瓷碗里，年味顿生。

道人轻轻捏诀按下骚动的铃铛，拿起了调羹，对面埋头大吃的食客也收好桌子下的毛爪子。小店里充满五谷甜香，要过年了。

腊八粥

五金店

翻进五金店的小贼吓坏了。白天还笑呵呵的老板成了摊在椅背上的一张画布，抽屉、柜子都敞着，无数螺丝改锥上下奔忙给脱了皮的店主上机油。

“这可真是见了鬼啦！”

他吓得叫出声来，眼见着一大堆零件朝他眼前涌来，小贼干脆晕了过去。

“后来呢，后来呢？”

听故事的小孩忙追问。

讲故事的老爷子坏笑着努嘴：“瞧见派出所门口挂的逢人就喊欢迎光临的电子娃娃没？”

晴雨伞

便利店门口有只装满雨伞的置物桶，上标：晴雨伞。

春夏之交多阵雨，偶有路人被困在廊下，多半会抽一把去付账。怪的是每每撑了伞走出去不到二百米，便能见太阳，以至于本地流传着“买伞雨就停”的传说。这不，老板坐在柜台后，又听见远处传来行人的抱怨。

嗤，笨死了。他吹吹伞柄上的刻痕，甩了一下尾巴：“晴——雨伞嘛。”

和解

小沙弥蹲在山墙根下，圆溜溜的脑袋上顶着一只盛水的木碗。

山中日照丰沛，苦津津的松柏香气中能嗅到玉米面的甜味。

二师兄今天好像说要蒸窝头啊……他舔舔嘴巴，决定跟四师兄和解，好赶上吃午饭。

“我不该在洒扫的时候偷拿了大殿上的木鱼玩，还追着师兄你跑了半个山头。”

因为刚刚换牙，小沙弥讲话还有点儿漏风，圆鼓鼓的包子脸认真板着，一副痛定思痛的样子。

“可是后来你也跑去找监寺师叔告状啦，我也不会把你刚才溜去河边捞鱼的事情说出去。你原谅我，好不好？”

青砖上，黄斑大猫吹着胡须，婷婷袅袅地扭头看了他伸过来的肉手一眼，思索片刻，将毛爪子覆了上去。

“喵！”

小鬼

没头发的小鬼几天没有搞恶作剧了。

值班小护士的推车上酒精棉和药瓶秩序井然，保安大叔的手电筒也电力充足。住院部大楼里一切正常，这让大伙儿都有些惊讶。

可小鬼没空理会这些，他浮在天花板上着迷地看一位母亲照料小儿子。他看得那样认真，忍不住也沉下来，躺在了盖着卡通绒毯的小被子上。

“宝宝不哭。”妈妈俯下身来亲吻孩子。

小鬼闭上眼小声说：“妈妈。”

松香味的夏天

火车搭载着马戏团向北旅行，遇到了从植物园逃跑的一棵雪松。

“请问可以搭顺风车吗？我还没有去过兴安岭，能捎上我吗？”

它提着布包，里面裹着的，是它第一次结的松塔，还有一个不认识的小朋友埋在它脚下的铅笔盒。

老狮子好奇地问它为啥动身，它的眼神闪闪发光："是风，我闻到了一整片掺着松香味的夏天。"

迁移

1 路公车出站了。这条刚被废止的线路沿途是大片的旧厂房，最后一批居民迁出后，这里将进行重建。

司机是个白发苍苍的老先生，他载着老海报、塑料发卷、铁皮铅笔盒出发，一路上哼着歌，在每个站台都停靠，和搭车的牡丹热水瓶、发条青蛙们问好。

满车孤独衰老的灵魂一直开出了小镇，没人知道他们去了哪儿。

洗澡

凌晨，新搬家的小宅男躺在床上用棉被把自己紧紧裹着不敢睁眼。天花板在滴水，墙漆因为承受不住水汽，伴随着哗哗的潮水声开始剥落。

“呜，好可怕！”

他终于忍不住一跃而起，裹着被褥冲出了屋子。

楼上，退休的老龙王看着自己一片狼藉的浴室发愁。唉，洗澡时总忍不住想甩尾巴，再这样下去没了租客可怎么买麻辣小龙虾吃哦……

威猛清洁剂

没有月亮的凌晨静悄悄的，是个适合鸡鸣狗盗和酣睡的晚上。

小偷撬开便利店后门时就看见一个穿黄衣裳的青年埋头在货架前擦拭，啧，居然还没下班。

他拍那人肩膀，哎，识相的赶紧走，说着晃晃手里的刀子。

青年瞧见了水果刀，大惊失色：“我们店三角饭团最好吃，关东煮卖完了，冰柜最近坏了比较吵，你，你别划我包装！我还要卖呢！”

“你谁啊？”

这个神神叨叨的营业员怕是有病吧，打晕得了。小偷伸手就要来揪他衣领。

“我，我是清洁剂！你……你别过来啊，我很威猛的，呜呜呜呜，塑封烂了就卖不掉了……”

丑时四更……

编剧
走夜路
雨云

是君子
小蝌蚪
溏心蛋

泡腾片
诗人三花
何人来犯

狐仙庙
护林员的望远镜
随身云

可爱
小鳄鱼
空碗

说书人
小兔子
儿郎们

符纸
饕餮
大肚茶壶

妖怪布偶
她才是春风
星座运势书

老中医
回家
风雨天

喜欢
卖手绳
人间的夜晚

茶寮
霜粉

刀意
织女

黑色星期四
云片糕

种犄角
懒虫

编剧

叶先生的新邻居是个编剧。

这位邻居平时足不出户，两人也就没什么交情，可是对方好像有用家庭影院看电影的习惯，音量高得他在墙这边都能听见。

隔三岔五地，总有战马的长嘶声，或者火炮出膛时的轰鸣声传到他这里。不过，和着刀剑相碰的乒乓声下厨倒挺有节奏感的。叶先生笑着摇摇头，手底下切丝不停，也没有多言语。

这天夜里他睡得迷糊，隔壁突然喊杀声震天，直吵得他气冲冲去敲门。好在邻居态度很好，一迭声地抱歉。他得了道歉刚走，就听见门里传来不服气的嘀咕，那声音竟像是有数十人之多，正用奇怪的口音七嘴八舌地争辩，听起来像是很委屈，说话间还掺着马蹄声。

他惊得一身冷汗，想扭头再敲门，却看见邻居家门缝里夹住了半张剧本的草稿，上头涂涂改改的，写的正是决战前夜的部署。

他拈着那纸刚要抽出来，突然听见一声小小的害羞的惊叫。

原本被夹住的草稿软塌塌地落在了地上，变成了一张空荡荡的白纸。

编剧

是君子

有一个书生，成天琢磨些酸诗艳曲，以此为乐。

虽不受同窗们待见，倒是有个他很推崇的笔友，常给他搁在窗台上的诗稿做修改，落款“君子”。然而整日敞开窗户，屋里的糕饼总不翼而飞，书生只好饿肚子。

年末扫除，他从房梁上撢下来两本破烂诗集和一只正打盹儿的肥老鼠。

书生大惊：“小贼！”

老鼠不忿：“是君子！”

泡腾片

小仓鼠也想有一颗属于自己的星星。

它翻遍书籍资料，还去请教了林子那边的猫头鹰，最终决定把星球杯里的巧克力酱和饼干球挖出来种在窗台下，每天用橘子汽水浇灌。

我的星球应当是清冷又温柔，还会吐泡泡的！它喝了口汽水快活地想。

这天晚上，月光淌进了小仓鼠的屋里，哗哗的潮水声叫醒了它。

“小家伙，听说是你种出了我？”

月亮的声音沉郁，震得它耳朵痒极了。

小仓鼠晃晃脑袋，伸长脖子朝外望去。

细软软、蓝汪汪、天鹅绒一样的空中，浮着一粒橘子味儿的泡腾片。

狐仙庙

兔子最喜欢的布偶丢了，它挎上一篮萝卜糕决定去狐仙庙碰运气。

糕饼摆盘，线香插好，小兔子正絮叨呢，一个粗粗的嗓音突然冒出来：“不就是个大布熊嘛，吵死了！”

啊！大仙显灵了！大仙知道我的玩偶！它赶紧冲着甩出来的毛尾巴拜了拜，快活地走了。

唉，小庙里，老狼懊丧地咬一口萝卜糕。真不该搭腔的，刚顺到手的枕头又要还回去。

可爱

“可爱”又在不停地打喷嚏了。细脚伶仃的一张圆片片，胸口描着“可爱”两个字，正坐在字典上揪纸头擦鼻涕。

词汇们叽叽喳喳围在它身边，纷纷从纸篓里翻出字纸来给它递过去。

“阿嚏，不知道是谁，最近成天叫我的名字，害得我和钢笔小姐约会的时候都不停打喷嚏。阿……嚏！”

它气鼓鼓地，一边听同伴们安慰，一边还抽空筛选接过来的纸头，有“可”和“爱”字的都被细心铺平夹进了字典里。

那人太缺德！大家都同情地安慰它。

小床上，女孩子背对着书架发微信，忍不住扑哧笑出声来。手机屏幕上闪着微光，她认真地写：“你怎么，这么可爱呢！”

说书人

日已西斜，茶馆里的人都散了。说书人也起身收摊，偏偏身边还缠着个打破砂锅问到底的胖小子。

“都是编出来的，专唬你这种不回家吃饭的傻小子！”

他弯下腰来给孩子嘴里塞了块蜜饯，笑眯眯地看着小孩儿跑远。

哟，再不走，荷叶糯米鸡就要卖光了。他赶紧把惊堂木塞进褡裢，临出门的时候轻轻甩了一下身后的尾巴。

符纸

相国寺前街行人如织，卖点心零嘴的和兜售针黹杂物的摊子挤挤挨挨铺了满街，热闹极了。年轻的道士搂着卜算幡子，心思早就跑到了卖干果的推车边上。

那边厢有一个胖小子端着白瓷缸没跑两步就摔了，刚买的枣圈、梨条，还有白瓷碴子撒了满地，委屈地坐在地上哇哇大哭。小道士撩起道袍挤过去，不知道嘀咕了些什么，没一会儿小孩儿就捧着完好的空瓷缸子一脸不情愿地回家了。

等午后师兄来替他的班，就瞧见他正拈着果子吃得来劲。

“哟，你买的？”

他拍掉师兄伸进油纸包里的手，眉飞色舞：“我可趁你不在，卖掉了一张符纸！”

妖怪布偶

……

他醒来时窗户大敞着，窗帘和夜雨都被风卷进客厅，真是奇怪，明明之前锁好了门窗啊。

“爸爸？”

小女儿哈欠连天地揉眼叫他，地上还摊着装娃娃的布袋。见他醒了，小姑娘迈着小胖腿蹬进他怀里，在肩窝找个舒服的姿势就要睡，他连忙托着她回小床，全然忘了一地狼藉。

“不许欺负我爸爸！”哎呀，还说梦话呢，他听着小姑娘的嘟囔笑着给她掖上被子，心里甜蜜极了。

客厅里，不再发光的布口袋中滚出来一只新的妖怪布偶。

老中医

……

每月初六是老中医义诊的日子。山路难走，山上的居民们和山脚的药铺都默契地遵守这个数十年来的老规矩，有什么小病痛都在这一天下山来看诊，顺便给先生留一点儿山货尝鲜。

榆木桌子抬到大门口，一壶瓜片刚沏上，这边就有病患熟门熟路地坐下来报症状：口齿不清。

老先生搭脉提笔开方子：《千字文》两张，拿酒浸了。雀舌碾碎，混着枇杷汁搓成药丸，每日晨起大声诵读后吞服。

末了安慰似的拍拍对方细瘦的手背。

细脖子尖舌头的山鸡精拿着药方退出去，垂头丧气还不忘在门口放下一兜新晒的杨梅干。

喜欢

情窦初开的小青年趴在桌上凑情诗，眉毛舞得像见了蜜的毛虫，或蹙或挑，好玩得不得了。

窗外有一只鸦雀盯着看了好久，还是有些不太明白。它伸出翅羽戳醒了打盹儿的海棠树："哎，你说，喜欢到底是什么啊？"

大寒才过，海棠的声音闷闷的还没有睡醒：“大概就是春天吧。不管现在多冷，看到它，就很想开花。”

茶寮

季夏六月，时暑赫晞。

几个军士围坐在山间茶寮分清酒，言语间谈及府尹支使他们来寻访桃源。

“世上哪有神仙嘛！”

领头的抓着老板连声抱怨，没多久就醉倒在桌旁。

老板撣撣衣袖，茶摊变成虬结的老树，虾须帘委地长出一蓬绿草，酒桶化作青玉系回腰间。“哼，山里哪有茶寮，成日在我家门口瞎转悠。”

茶寮

刀意

鱼档的老板是个沉默寡言的老兵，刮鳞小刀在他手中如一叶纤柳。对面开武馆的老爷子得空就来看杀鱼，赞他胸中有刀意。

“可惜瘸条腿啊。”老人摇头，直叹气。

汉子只是笑，运刀如风，拿一节旧木头刻只猫头让他带给外孙。

后来鬼子进城，武馆关张，城外添了一座小坟包。听戏的日本官被一把刮鳞刀扎死在茶楼。

杀手瘸腿跑不远，身上一袭旧军装。

黑色星期四

“两年前啊，有一个电磁炉……”

紫砂煲压低声音讲话，调味罐们凑在一起听，紧张得不行。

“突然！它就短路了！厨房里全是焦味，特别惨！”

汤煲咂巴着嘴，看着吓得一惊一乍的后辈们煞有介事地摇头。

“最诡异的是，当晚一袋水煮鱼调料就受潮了！从封口往外淌红油！这就是厨房的黑色星期四！”

种犄角

……

春天，黑龙从碗橱顶上取下装满种子的小木匣，去后山坡种犄角。

嗯，这一颗挺结实，长大了肯定狰狞虬结，就送给来斩杀恶龙的骑士好了。胖乎乎的可以掏空了做号角，山神大人正愁怎么召唤自家那只漫山遍野吃牡丹的青牛呢。

尖尖角熟了之后就拜托昆仑的匠人镶一朵玉桃花，桃花仙人还缺一个随身的酒樽。

走夜路

女孩骑着自行车穿过昏暗街道，她有点儿害怕，不断想起刚看的恐怖片。

前方忽然传来一阵口哨，有一个陌生人靠在墙边冲她远远挥手：“晚上好呀！”

车筐里蜷着的胖猫懒懒地动了动耳朵，和笑眯眯的男子交换了一个心领神会的眼神，表情警惕傲娇。

“走夜路也没什么嘛。”

姑娘看着陌生人的笑容，觉得恐怖片也没什么大不了，大家看起来都很善良啊，她开心地按了按铃铛，和街角的人擦脚而过。

女孩子没看见路灯下，男人的影子拖着长尾巴。

小蝌蚪

小蝌蚪终于鼓起勇气游向水族箱里最好看的那条蝴蝶鱼。

“嗨，你好。我……我是一只会变成青蛙王子的蝌蚪。”

它有点儿紧张，小黑脸发红。

“需要我做什么吗？”

蝴蝶鱼歪头，好脾气地看着它。

“需要你的吻！”

话音未落，小蝌蚪的脸上就被亲了一下。

“你怎么还不变身？”蝴蝶鱼笑眯眯地发问。

小蝌蚪理直气壮地说：“要亲四下呢！一只青蛙四条腿！”

诗人三花

山那头住着饱读诗书的三花猫。

它热爱各种修辞，总在聊天时放出有一长串定语的比喻句，大家都叫它诗人三花。

邻居有些不满，气鼓鼓地来敲门：“为什么你写给别人的信笺总是长而华丽，给我的便条抬头永远都是干巴巴的‘我的邻居’？”

诗人三花笑了：“因为这才是最迷人的前缀啊！”

护林员的望远镜

兴安岭护林员木屋的墙壁上，长年挂着一个望远镜。

那是一只老旧的苏联军用望远镜，曾经驻守在这里的老前辈留下它给后辈做个纪念。黑色的外壳上有处轻微的凹陷，肇事者是一只因为嘴馋、什么都想尝尝的黄狐狸。它的右镜筒缠满了粗棉线方便抓取，白色的线绳被蹭得发灰，凑近鼻尖，能闻到硝石、烟草和花椒的味道。眯着眼睛把它举起来向远处眺望，皑皑皑皑的雪线呈现出一片黄绿色，视野尽头多半是冒尖的松柏枝条，松塔和野果在层叠的山峦之间一下子就变得显眼起来。

这样讨喜的一副望远镜，自然能够受到周围邻居的追捧。

年轻的护林员每隔十天就会去山外的小镇上取订阅的报纸、杂志，有时候还能抱回一罐来自家乡的糖蒜头吃。这一来一回耽搁下的一整天空闲，就成了邻居们固定来借望远镜的日子。偶尔他晾在窗台上的搪瓷茶缸里会被塞上好些甜果子，一嘟噜一嘟噜地挤在一起还挂了霜。

嗯，看来邻居今天也吃得很饱嘛。他把果子洗干净了浇上蜂蜜，伏在桌前做剪报，风把报纸吹得鼓胀起来，哗啦——哗啦——

他低着头，假装没有看见悄悄来啄的小鸟。

可是这天下午，望远镜突然不见了。

小木屋的墙壁上空荡荡的，只剩下一颗秃脑门的大头钢钉。巡山回来的护林员绕着木屋前后勘察了几圈，山林簌簌，不时有鸟雀拨开稠密的枝叶归巢，好像并没有什么要紧的事。大概又是给邻居借去找孩子了吧，他也不着急，放下随身的背包就去准备晚餐。

等到倏忽一下扎进山峦林海，小木屋的门才被叩响了。气喘吁吁的老熊一边忙着从脖子上捋望远镜的长绳儿，一边撂下肘弯里挎着的竹篮，里头满满当当的，都是新摘的莓果。

“吭，没有打招呼就用了千里眼，真是对不住啊，吭。”

它扑棱扑棱脑袋，慢吞吞地侧过身子，露出胳膊底下夹着的熊崽子来。小家伙满脑袋的灰土，耳朵上还沾着好些松针，抽泣着挣扎想下地去，被老熊又拎高了，轻轻拍了一下屁股。

“吭，傻崽子又乱跑，摔了不少跟头。”

老熊摊开熊掌，露出一团毛茸茸的栗子：“又麻烦您啦。周末上我那儿吃炖锅子？”

护林员的望远镜

小鳄鱼

小鳄鱼找了个兼职，在片场做哥斯拉的替身，负责电影里挨打的背影，满身鳞甲的外形是它有力的竞争条件。

“我找到工作啦。”

它用粗短手爪慢吞吞地戳手机屏幕。

“便利店理货员，很轻松哦，只不过今天走路没在意撞到了脑袋。”它摸摸脸上的创可贴，又给短信加了一句，“回家给你带圆筒冰淇淋，店里新到了棉花糖口味。”

小兔子

纺织娘都已经睡了，小兔子还趴在床上发呆。“小云雀真厉害啊！”它不断想起午间在桦树林里见到的那一个漂亮的滑翔。

“我要是也会飞，就好了。”它摸着长耳朵嘟囔。

夜晚很安静，静得好像能听见胡萝卜吭哧吭哧在长高的声音。

不管了，兔子又翻了一个身。

“小云雀也很羡慕我有山谷里最好的菜园子吧，一定是这样。”

饕餮

女孩子在床底偷偷养了一只饕餮。

新宠物非常乖，总是在白天睡觉，晚上喜欢恶作剧去吓溜墙边的小鬼。

有时她在睡梦中听见众小鬼壮着胆子同饕餮讨价还价：“这样，两百个黄油曲奇给你了，一定要吓跑隔壁小区那只凶巴巴的鬼车鸟哦！”

不过她也总是会丢一些小零碎，佛手柑味儿的唇膏啦，葡萄籽的护手霜啊，扒开它牙齿寻找的时候，它会懒洋洋地回赠一个香喷喷的嗝儿。

她才是春风

小狐狸蹲在灌木丛里看小熊布置冬眠的巢穴。

贮满槐花蜜的陶罐、风干的小鱼，啊，还有这个。小熊从木箱子里抱出一幅画，挂在矮墙上。

“这不是后山的小兔子吗？”狐狸用大尾巴捂着冷冰冰的耳朵。

“是啊，”小熊笑眯眯地说，“我想冬眠醒过来，一睁眼就能看见她。漫长的黑夜和寒冷过去之后，她才是春风，才是新的一年啊。”

回家

北上的火车在夜里驶过莽莽荒原。

猫头鹰站在窗口，风把它的声音刮得很远。

“听说最北边有最好的松林，飞起来很快活！”它神气地挥挥胳膊，捅捅边上几乎要睡着了的鼹鼠，“哎，朋友，你要到北方去干啥？”

小鼹鼠伸出爪子摸摸怀里的陶罐，里面有整个春天它在南方搜集的油菜花蜜。

哦，它有点儿害羞：“我要回家，看看我妈妈。”

卖手绳

小道士蹲在端阳集上卖手绳。

集市好热闹啊，蜜枣粽的香直往鼻孔里钻，他饿得肚子咕咕直叫，一抬头看见个吊梢眼的姑娘笑眯眯地望着自己。

“哎，你这绳子灵不？”

小道士憋红了脸猛点头。

“拿一串。”

说着两枚铜钱落地，刚够一个粽子。

小道士忙不迭地捡起，姑娘已经不见了，倒是没人瞧见，对面耍蛇的把式篓子里，一串丝线亮亮的。

霜粉

初雪的天气，细小的冰珠夹杂在冷雨里沙沙落下。

这时候用毛皮斗篷遮住头脸，骑光轮 2000 在平流层巡视一圈，返航时褡裢里就能接满一兜未化开的大颗冰晶。刮北风时网住的云气在窗台上早就冻成白色的条状，取下来之后稍稍软化，表面就会沁出一层霜粉。切段后撒冰珠浇酸奶，可以借此捕获不愿意冬眠的逃家妖怪。

织女

小镇上有家铺子，做织补活计的老太太倚在绣着鹊桥相会的靠垫里穿针引线，身前的矮柜上摆着一排绣好的孩童衣衫。

火星子烧出小洞的孔雀裘，到了她的手里都能恢复如初，还会给弄破新衣裳哭鼻子的小童补一只偷桃的小猴儿。

只是每逢七夕小店都大门紧闭，淡妆的美人揭掉脸上老人斑，急匆匆踏着鹊翅去见情郎。

织女

云片糕

下山回城的路上云气翻腾，落在袖口衣襟融成水迹，用竹筒装了满满一笼带回家再放出来。

轻薄的云飘在竹子做的顶棚上，需要用裹着米糊的长竿粘下来，和好蜂蜜糯米粉做云片糕。

浓稠一些的被铺开放在案板上，和着腌渍的桂花下进油锅里，做成脆生生的炸果儿，落雪时放在院子里，可以引来贪嘴的白狐。

懒虫

立春之后，挑个天气晴好的下午晒懒虫。玻璃瓶子里一汪水，泡着一冬天都不愿意动弹的透明虫子。拿筷子挨个儿夹出来晒醒了，到打盹儿犯春困的时候取一只粘在耳后，能抵上两罐红牛的功效。吸饱懒气的虫子呢，就会吐丝织袜子，卖给失眠的人套在小脚趾上能做顶好的梦。

雨云

吃葡萄干、糖葫芦，把碎掉的糖壳每隔三步摆放好之后就可以躲在墙角看书打哈欠了。

等到灰扑扑的雨云好奇地低头闻香味的时候，掏出绳子拴住它，高高地扣在假山的小亭子上面。夜里霜露一降，雨云同尘埃磕了个大跟头，落地为雪，满地的青草得了张好被子。

我呢，就把已经结冰的绳子带回家，做门环拍打，声如碎竹。

溏心蛋

雾霾严重的日子，可以在晚上吃面的时候在碗底留下一颗黄澄澄的溏心蛋。

趁四下无人，连敲碗沿五下，催这胖子去云层间替换它脏兮兮的兄弟。

月亮则如蒙大赦，一口气扎进湖水里，引得猴儿不住去捞。

第二天仍旧从一池碧水中升起，身后缀着一串小尾巴，水荇青藻，河虾幼蟹，螺蛳粘在它脸上，像一颗小小的痣。

何人来犯

长河落日，暝色侵楼。

掉队落单的商旅在夜色中奔逃，棉袍鲜血淋漓，终于体力不支跌坐在界碑旁。

“图岭以此为界……十万戍边军……”

商客眯着眼，念出开国所立石碑上的字迹。

大漠风沙无情，朱笔早就变得模糊难辨，他倚着界碑，想起如今山河飘摇，异邦匪徒就在身后，不由苦笑。

却听见兵马异动，杀声四起，战死多年的老将英魂跨马而来，长刀凛凛：“何人来犯！”

何人来犯

随身云

立夏以后，日光耀眼，可以动手制作随身云了。

拧些小番茄的汁水滴在茶杯里，再丢一张作业纸进去，等它吸饱了水就能捞出来晾晒使用。

是非常好的云头，拴上绳子就可以牵着到处走，小番茄染出来的是落日彤云，换桑葚就是深色的积雨云。

只是作业纸的挑选有几分讲究，据说写满斜体英文的会在你等公车时，探头探脑地和路人搭讪："It's a nice day, isn't it?"

空碗

又是一年腊月初八，云层灰蒙蒙地沉在群山顶上，风雪欲来。

山脚下有一座小庙，仅有个小和尚长年看管。年关将至，总有赶路的旅人经过此处。小和尚熬了一锅热粥候在炉子上，好给过路客分一碗。

可是山门开着却不只会引来好客人。这边刚盛给歇脚的流浪人一勺，那边就有几个醉醺醺的大汉闯进门来，趁着酒兴吆五喝六就跃上了供桌，竟是要坐在佛祖眼前划拳，还把前来阻止的小和尚推了个趔趄。

“哼，不过是个泥塑的破菩萨，怕啥！五！”

那为首的汉子刚张开五指，只听破空有人高喝：“六！”

庙门訇然中开，一双巨掌倏地伸至众人眼前，带起来一阵劲风，烛火俱灭。骇得几人立时夺路而逃。

傻乎乎的小和尚呆立在佛像前，只听见外头瓷器触地当啷一声。再看过去，流浪人已经不见了，地上只有一只干干净净的空碗。

——改编自《阅微草堂笔记》

儿郎们

又是月圆夜。药庐老板又拿老一套说辞，把一个非说他身缠鬼气的道士轰出了门，收摊上山。

他换上一套破旧的皮甲，穿行在树木和草丛间。他的背囊上沾满草叶和露水，翻过土丘，瘦削的男人看见满月下列队排开的鬼军。

数十年前的守城之战重现在眼前，旌旗犹映山火。

将军挟剑惊风纵马而来，举剑高喝：“儿郎们！”

男人看向阵营中无数熟悉的面庞，用颤抖苍老的手按住刀鞘，低应：“在！”

大肚茶壶

这夜正是十五，大好的一片月色。

书生与人打赌，要趁着月圆妖仙们都出来活动了，去破庙里寻访狐仙。他买了酒水壮胆，喝得两颊发红，醉醺醺就闯了进去。

可这庙里四面空空，只有个大肚和尚盘坐在台上，弯眉细眼一副笑模样。

和尚问清了书生来意后，掐着腰同他讲了半宿怪诞故事，兴之所至拿手拍桌，乒乓作响，听起来不似肉掌，那劲头倒像个茶馆说书先生的惊堂木。

这书生醒来时天已大亮，四下无人，倒是手里攥着个脏兮兮的茶壶套和一撮茶渣。

不知谁家的一只大肚茶壶，端端正正地放在供桌上。

星座运势书

食品柜里的盐酥鸡腿又少了两只！

不过是去跟送货小哥结个账的工夫，玻璃门上就多了两枚油腻腻的手印，直看得胡老板眼角抽筋。

她摔了账本就气冲冲往庙街后门去，一屁股坐在卜算摊子前。

“啊呀，姑娘问点儿什么啊？”

瘦腮帮子的摊主推推圆片眼镜，慢条斯理地合上手头的小册子。

“最近总被贼惦记！”

那算命的也不管来人一副上火的表情，伸手一通掐算之后慢悠悠吐出两个字：水逆。

胡老板闻言噌一下站起来，掀了他那本宝贝星座运势书就对着摊主身后一通猛踩，全然不顾周围惊讶的眼光。

“咝……没事没事，我们老朋友啦，闹着玩儿呢，都散了，散了吧。”

那算命先生摆摆手劝离了上前问询的路人，捡起小册子，满脸心疼地坐在卦桌后面吹灰。

不就是吃了个鸡腿嘛，怎么这么小气……

圆溜溜的八卦镜映出他墨镜后头尖嘴绿豆眼的馋相，惊得他赶紧把鼻托往上推了推。

“狐狸卖鸡，就别怪黄鼠狼惦记！嗞……我的尾巴哟……”

风雨天

凉风至，雷发东南，大雨时行。城市里天色晦暗，连绵的积雨云悬在楼群顶上，像是灰扑扑的绒线帽。

窗户被敲响的时候，我正在厨房熬一锅瘦肉粥。细长的粳米和细碎青菜、香菇、鸡脯肉在长柄勺的搅拌下融会贯通了，化成满屋子浓稠的香气——可惜老槐树闻不见。

它仍旧伸长了枝条慢条斯理地叩着我家厨房的后窗，笃笃，笃笃，歪歪扭扭的水迹甩满了玻璃窗。

“知道啦，知道啦！”

解开围裙，蹬上雨靴，哦，对了，还要带上我的黄铜哨子。我得赶在老槐树吭哧吭哧发脾气之前，到楼下的公交站台去救助那些在风雨天迷航的船只。

加塞莱战船吃水深，庞大的船体一路拔山倒树而来，卷着桅杆上的旌旗将水流湍急的十字路口劈成了一汪西西里海峡。甲板上骑士们列阵以待，蓄着大胡子的团长把湿淋淋的长发甩在脑后，弯下腰来口音笨拙地向我问路：“马耳他怎么走？”

我吹起哨子，铜核儿在腔子里来回蹦跶撞出了一串嘹亮的弹音，原本在积水里浮浮沉沉的落叶、糖壳、草稿纸还有离家出走的橡皮擦们拢成了一道弯，贴着船头指向下一个路口。

圣约翰骑士团感谢您。大团长冲我挤挤他蓝汪汪的眼睛，从口袋里掏出一枚勋章别在我左肩。后来居上的桨帆船轻便快捷，穿梭在大雨中如同一尾游鱼。它们正在追赶一群从卖场仓库逃逸的橡皮鸭子，为首的塑料奥特曼船长只来得及向我略微点头示意，就匆匆转过下水道的急流径直往西去了。

“请问……哪儿卖糖炒栗子？”

一只披着塑料纸的小仓鼠正仰着头大声询问，一双毛乎乎的小爪子既要抓住它的雨衣，又得扶稳它乘坐的肥皂盒，简直忙得不可开交。

真是个努力的小馋鬼呀。我捧起它的独木舟，带它过了马路。

吵吵嚷嚷的公交站终于安静下来，我结束了这一趟紧急任务，重新坐回桌前吃瘦肉粥，却听见盥洗室里传来窸窸窣窣的声响。原来是邻居家的大黄猫不知道它什么时候溜了进来，正攀在浴缸沿上撩水玩。水流哗哗地淌着，一盒画满中外船只的彩色卡片也被打翻在里头，绕着圈打转。

捣蛋鬼！我戳戳它湿漉漉的鼻子，顺手拧上水龙头。

雨停了。

人间的夜晚

人间的夜晚真好吃啊。

尖牙齿的怪物蹲在树枝上，着迷地分辨空气中馥郁浓稠的食物气息。

多汁的莓果一样的女孩子，皮肤像涂了蜂蜜那么甘美，还有成群的从篮球场上跑过的男生，小臂肌理足以傲视那些傻乎乎的深海鱼类。

“咪咪？”

老奶奶在树下抱着一碗熬小鱼向它招手，灰白色的鬈发从毛线帽底下伸出几缕，被晚风吹得颤巍巍的。

又是你，爱抹雪花膏的芋艿粥。它收起犬齿从树上跃下，抬着下巴嗅碗沿。

明天也要来，记住没有？

你这么软和又没有嚼头，除了我谁还愿意为了一点子小鱼就帮忙在精怪米其林榜单上刷分数？

寅时五更……

石像

村子外有座荒废很久的赐福天官庙，门朽草长、神龛将颓，只有一座石像仍立在殿中。

除夕夜里万姓千门齐燃爆竹，吓坏了一只落单的幼小年兽，一头撞进庙门后瑟瑟发抖。

别怕，石像动了动酸涩沉重的手臂，慢慢将它揽在怀里："虽久不吃香火，护你一晚的神力还是有的。"

清晨，小年兽在满地碎石里醒来，疑心昨夜是梦境。

灯神

楼道里的感应灯又坏了，忽明忽暗嗞嗞作响。

夜班回家的小伙儿搂紧电脑包，想着才看的恐怖片战战兢兢上楼去，到底是被突如其来的一阵黄绿闪光吓坏了，嗷一声拍门，夺路而逃。

“多少次了！”夜游神浮在六楼窗外，气急败坏地给新分来的灯神开罚单。

“不要学以前你爸管迪厅的那套！门神投诉多少次了！”

一瓮屠苏酒

……

一瓮屠苏酒里就装着一捧山间日月。

七种药材囫囵泡在陶罐里，寒冬腊月也不闲着，吵吵嚷嚷拖着腔调聊闲话，讲春天满山细茸茸的新草，讲月亮底下唱歌的鸥鹭，讲去年在泉水边聚会对饮的诗人中有一个人朗诵黄鲁直的诗歌很好听。

直至除夕夜被提上餐桌，小者得岁先饮一杯，老者失岁后饮，说说笑笑，爆竹声中一岁除。

一瓮屠苏酒

深夜照相馆

深夜的街道上只有照相馆亮着一盏灯光。

冲扫师傅搁下手里的底片，把贴在玻璃窗上正巴巴望着他的小鬼揭下来，揣着两手问话：“买显影液？是要一张胖影子去排队买早烧饼，还是想选高影子去看露天音乐节？”

那小鬼单薄极了，看着老板有些不好意思，伸手比画：“比我高些就好，明天大家都毕业了，我想去看看。”

铃铛

绿小姐的飞行扫把丢了。

那是一把老式光轮 2000，扫把头翘翘的，围了一圈小小的蓟草花做装饰，混在街头形形色色的飞行器里有些突兀。而且这把光轮 2000 的脾气还有点儿怪，闻到烘焙店新出炉的蛋黄酥香气会急刹车。

街坊们都认得它，每天傍晚时绿小姐会骑着它浮在社区里，慢吞吞地朝糕饼店的方向飘，买菜回来的邻居们偶尔会停下来掐几朵油麦菜上结的小花别进它尾巴里。

现如今光轮 2000 已经算是顶老旧的型号了，市面上能见到的并不多。绿小姐的这柄扫帚还是祖母留给她的，多少也沾了些老太太的脾气，喜欢酥饼和小点心，还总爱把舍不得丢的花草布条缠进尾巴里，沉重的负担致使其飞行速度每况愈下。

“我昨天偷偷丢掉了它尾巴里的一串铃铛，那铃铛太旧了，飞行时总有铁锈蹭在我裙子上。今早它就从楼下双翼飞机和陆虎中间那个细窄的专属停车位里消失了！”

绿小姐忧心忡忡，只好先打电话挂失飞行器。

这种老款光轮 2000 已经绝版了，找慢了说不定就被人逮住卖掉，购物网站上有专用的扫帚陷阱，15 块钱一个还包邮，撑开放天台上头，当中搁一块蜂蜜蛋糕，自家那把一准儿会上当。

“绿子？”

隔壁送自家小孩上学的邻居回来了，色彩斑斓的大块飞毯噗噗响着停在她面前：“我刚才送小胖去幼儿园，好像在那里看到了你家的光轮 2000……”

确实是她的光轮 2000。绿小姐小跑着赶到时，幼儿园还没有开始正式上课，早到的小朋友在园里玩耍，好些小胖墩矮冬瓜正围作一团笑闹，拨开那些软乎乎的小团子，当中不就是她那离家出走的飞行扫帚——光轮 2000 吗？

老旧的扫把低低地悬停着，拖出的尾端几乎要擦到幼儿园满地的羊角球玩具。矮团子们嘻嘻笑着挤作一团，争相往扫帚柄上爬，想当第一个飞到滑梯顶端的小朋友，幼儿园给大家扣在手腕上的找寻手环登时响成一片，叮当叮当吵极了。

那是游戏课时为了方便管理孩子们用的手环，其实就是一串极响亮的铃铛。

绿小姐远远看着孩子堆里的老扫帚，吸吸鼻子——啊，想起来了。这样的铃铛她也有一串，昨天刚丢掉。

蝙蝠

今年最后一天，医院有些冷清。

蝙蝠从窗外飘进楼梯间，落地化成瘦高青年。他拐到值班室里越过打瞌睡的小医生，披了白大褂就往血库跑。

呼，总算到手了。他叼着两袋新鲜血浆，尖虎牙闪闪发亮，一回头却看到外面椅子上坐着个光头小病号。

“医生？”

小病号手筋细幼，上头一排针眼。他能透过皮肤看到小孩血管轻轻搏动，真是虚弱的生命啊。

“妈妈说明年我就会好了，我想在这里等明年，你不要告诉护士姐姐行吗？”

小蝙蝠想了想，把血浆揣进口袋里。他低头瞧瞧大褂工作证上的职位和姓名，走到小光头身边坐下。

“你明年当然会好起来的。我可是……嗯……住院总医师！”

猫不见了……

攒废品的老太是位拿着符咒书自学成才的方士，总爱领着朋友参观自己的宝贝库房。喏，破了洞的手鞠用洗干净的旧孔雀翎补好，上好的抛接游戏道具。广口瓶倒扣彩色雨花石，嚯，现成的走马宫灯！人人都为她的聪明赞叹。

“猫……我的猫呢？！”

老太太看着空荡荡的晾衣绳惊叫，秃尾巴灰猫不见了！

墙那头梯子上，隔壁家的男孩举着一块掉毛的灰抹布嗫嚅：“对不起，我的竹筒水枪滋着您的猫了……”

猫不见了

红鱼

······

阵雨来得太急，女孩正在湖心写生，和那漆成红鲤鱼样的薄壳小船一块儿被吹得直打圈圈。

正惊慌时，有大船从莲叶深处稳稳划来，是一艘刻着龙头的画舫。

船工圆脸阔嘴，把她送上岸后就急忙往回赶："呱咕……姑娘慢走，我还得去接同事。"

她绕过廊桥，远远看见船工弯腰捞起一尾红鱼，那龙舟似有所觉，轻轻冲她眨了眨眼。

以酒换鱼

······

夜钓的老头架好鱼竿，正巧没进池塘中心一汪明黄色的月亮倒影里。

这便等着咬钩啦，他捧出花生米慢慢坐着嚼，可总也没有动静。

悻悻然刚准备收拾东西回家，却见浮标晃动，拎起来竟是一个酒坛子，窄口大肚，揭开盖就闻到一股桂花香，底下一张字条：以酒换鱼。

伸脖看去，荡悠悠的月影中，吃水煮鱼的不正是吴刚？

桑树花

惊蛰一过，花草浸饱了水汽，绿色雾霭从梢头晕出，满山都开着乱蓬蓬的花，引得鸟雀蜂子环绕。

桑树的花与邻居们不一样，极小，米粒一样夹在叶里，很矜持地开着，没什么人认得。看花人熙熙而来，攘攘而往，好像都把它当成了一棵不开花的树。

桑树也不难过。它和东风讲好了，要等河上新来的船家，那位画画先生打树下过时，一鼓作气，抖他满身。

“阿嚏——”

先生呛了个喷嚏，他拍拍衣领子，抖出一地绿白相间的小花序来：“原来这里有棵小桑树啊……”

他仰头看了会儿，又掏出手绢儿擦擦手，便回自家小船上去了。

落完花的桑树真的绿油油一片了。

夜里，桑树变成了小姑娘，提着裙子去掀乌篷船的窗户纸。

但见矮木桌上摊着一块手帕，中间两朵小小的桑树花，边上的线描稿墨迹半干。是一幅赏花图。

姑娘眉眼弯弯，云鬓和绿色的裙裾、衣带里慢慢开出了一片一片的小白花，两岸的人家都说在夜里看到河上落了一片云。

像要随流水逐月去。

树藤

山雨欲来，行人匆匆，路上隐约有人笑着聊天：这么大的风雨，是哪位道友要渡劫？

街边摊贩们都纷纷支起防水布，只有卖花婆婆最慢，来不及收好的零钱刚要被急风卷进护城河，居然有树藤轻飘飘钩住了零钱袋。

运气真好啊，婆婆颤巍巍撑开伞慢慢走了。

过路人若有所思，笑说我也助你，捡起婆婆落在地上的栀子花，插在微微发抖的树藤上。

霎时雷隐雨收。

膏药

戴白围巾的猫穿梭在城市里，贩卖一分钟超人膏药。年轻的父亲买一片贴在裤腰里，过马路时抱着两个孩子跑得又稳又快。还卖给第一次给姑娘修刘海的理发师，每晚在店铺后门结账，一排年纪轻轻的 Tony 挨个掏腰包。

“卖光啦！”

立夏前夜，只剩下一朵花的玉兰树也来买膏药。猫终究有些不忍心，它从耳朵后面撕下来一张最大的膏药贴在树干上，替春天留住最后一朵花。

没了膏药的花猫吱一声，滚成了一只小仓鼠。

小湖神

落雨大，赶路的父女挤在岸边的湖神庙避一避。

这庙小而旧，只一间，当中供奉一尊彩漆剥落的泥胎小像，桌案上立一排烧得长长短短的红烛头。

小女儿被安置在供桌上，有些紧张：“龙王爷会生气吗？”

蜡烛头烧得毕剥响，父亲吹吹手里的火柴，望向门外泼天的雨：“龙王爷不在家，没事儿的。”

两人慢慢地，都睡着了。

此时天光压得极暗，远处湖心翻出浪花来直漾到岸边，水天飘摇里踏出一位长袍神仙。他望望庙里，犹豫再三，到底还是抖抖袖口，甩出两条肥鱼落进门边的铁桶里，气咻咻地蹲在了屋檐下。

基层公务员，管巴掌大的小湖，水府的分配迟迟不给落实，还只给这么小一座庙宇，龙王吹着胡子怨从心头起，雨势一时更大了。

嗯……小女儿迷迷糊糊地翻个身，搂住泥胎塑像咂咂嘴。

啊，吵着小姑娘了。

小湖神磕磕鞋底的泥，乌云顿时又厚了一些。弹弹手指，风声小了一些。嘘，算啦。还是下雨天最好眠。

七夕

大暑之后，雨水渐渐就停了。

突然一下子从潮湿闷热的暑气中脱身而出，林子里慢慢骚动起来。居住在树林边的村民们都变得神神秘秘的，在筹划着什么事。

好像是从小河的那头先开始的，总有些农人或提溜着一兜红彤彤的干果，或抱着满怀白生生、喷香暄软的枣子糕，沿着小径到林中去，好一会儿又空着两手笑眯眯地退出来，哼着小调回家了。余下那些在水边汲水的、浆洗衣裳的、宰鱼的，无不呆愣片刻后一拍脑袋，兴冲冲地也跑回家去了。

只留个老汉仰头望一望傍晚天空中乍现的星星，在河岸嶙峋的石头上磕磕烟袋锅，细眼一眯——哎哟，七夕要到喽！

七月初七，牛郎织女踏着鹊桥相会。不计其数的喜鹊从不计其数的山林里起飞，奋力往九天上去。它们在这一天被赋予了神力，可以甩开地母系在鸟雀脚上的牵绳，直冲到最高的云霄里。

本地人依天时和水土生活，他们都知道，这会儿去树林里走一走，拜访那些长尾巴的漂亮喜鹊，放下炒熟的红皮花生米，再夸夸窝里毛茸茸的新生小崽儿，或许就能在初七那晚搭上鸟群的顺风车，也能上银河旁边看星星呢。

多好的机缘！夏至一过，雷雨初歇，夏麦将收，水稻才种下，到处都是绿油油的，连天空中也是青澹澹好看的气象。放下犁头和镰刀，星夜里大家都从自家小院里走出来，带着瓜子和桃罐头，窸窸窣窣地聚在村口晾晒稻谷的水泥场院中间。

喜鹊来了！打头的先是三五只，从黑沉沉的群山边缘箭一样射出来，接着越涌越多，叽叽喳喳，看着比平日里更大、更修长，满世界都被鸟儿们扑打翅膀的声响包围了。有身手矫健的男孩子早就按捺不住，捋起裤管便攀上高高的农用车车斗，瞅准时机一跃而下，轻飘飘落在喜鹊的翅膀上。

哗！这就起飞啦！村庄稻田和谷场眼见着凝成一个小点，比小指盖还小，云絮和大风从大家的头发间穿过，落在喜鹊毛乎乎的脊背上又飞走。有经验的长辈们并不急着伸手去摸星星，都急慌慌地招呼妻小用长长的皮筋把自己绑好：“人在高天上，可万事都不敢马虎！”

去年村西头磨坊家的二儿子就一时贪玩松开了绳子，初八早上大家都落地了他还没回家。听说是攥着一根晾衣绳，忽忽悠悠凭虚御风才勉强荡回来。

那胖小子在大风里吹了三天，脸吹得皱巴巴的，靠着奶奶给灌了五碗稠粥，吃得肚皮滚圆，才把皮肉又撑紧喽！

小花蛇

初五一早，小花蛇就不见了。稻草窝里只有干草翻卷着，连个尾巴尖都瞧不见，急得家长四处打听。

哎哟，这个皮孩子，今天满世界雄黄艾草的，这是上哪儿去啦！正心焦呢，就看货郎的担子里晃悠悠滚下来一团灰落在身前，小蛇花着脸，一双绿豆眼亮晶晶的。

“妈妈！”

它甩甩尾巴上的油纸包。

“老龟说今天要吃什么……什么米裹肉，可香了！”

它骄傲地拨开纸包露出一块粉蒸肉，糯米油亮亮的，还热乎着。

“快吃吧妈妈。”

它把磨破了皮的尾巴尖往身后盘了盘。

“我帮货郎卖了一早晨香包，简单极了，只要假装肚子疼就好，也没有小孩儿来揪我。这一块是他担子里最大最香的，比那些草叶子裹着的还白了不少。”

说着它又挺了挺小胸脯。

蛇妈妈蹭蹭它的小脸，是啊，其实今天，我们也过节。

狗尾巴草

姜黄色的大狗趴在炭火盆旁停止了呼吸。它的皮毛因衰老而暗淡，前爪还留有陈年伤痕。炭火使它毛蓬蓬的尾巴尖还微微拂动，就像之前它无数次在睡梦中一样。

猎人沉默着挖开积雪冻土，把它最喜欢的旧毡垫和老友一同下葬。后来猎人退休了，散步时会在小坟包前停留一阵，浇半瓶盖烧刀子。

再后来，坟头长出了一丛茂盛的狗尾草，老猎人的脚步靠近它就齐齐抖动，恍如昨日。

狗尾巴草

通缉令

柴垛上他跷着腿分拣战利品。

将军头盔上的红缨，分米面银钱时老人送的红皮鸡蛋，啊，还有这个！路过城门口随手揭的通缉令！

此时高槐覆晚烟，满巷子都是饭菜香气，被通缉的大盗摸摸肚子觉得还是回家吃一盘酒吹春鱼才是正事。

于是就地一滚变作狸花猫跃上房顶，通缉令上笑眯眯的青年人脸边被踩出两朵脏兮兮的梅花。

老园公

逃学的男孩活似个泥猴，疯玩了一整天左右不敢进门，趴在自家大门上听音。天井里野蜂蜂鸣，幼弟拖着竹条当马骑，细竹枝划过地砖沙沙作响，抽抽鼻子，空气里还有焖笋丁的味道。该是娘亲做的薄皮春茧包子揭盖了！馋得小孩儿弯腰撅腚就要从门缝里往家里溜，却被一根花杵钩住了裤腰。

老园公挤挤眼睛：“你娘在东厢，从后头绕！”

输棋

每月第一个周末，参加望弥撒回来的人们总能看到逆着人流走的老莱昂。

“又输给瘸腿铁匠什么好东西呀，老顽固？”

他们笑着和这位常去常输棋的倔老头儿打招呼。不出意料，得到了他用拐杖狠敲三下鞋帮做回应。

老莱昂今天却一路闷不吭声，直走到家门口也没有像往常一样大声抱怨瘸子出昏着儿。

唉，他舔舔光秃秃的牙床心想，下次得把假牙赢回来！

怪哉

镇上新来的游方道人一点儿也不像个道士。他整日既不修习符咒也不降妖伏魔，而是披着道袍四处琢磨做买卖的事儿。做不成文章的文人望着满地废纸气得拔胡子，冷不丁被忽从窗口冒出脑袋的邋遢道人吓了个倒仰。

小道士掌心握着陶罐，龇牙说道："这罐小虫名曰怪哉，是狱中怨气所化，可助您摆脱为赋新词强说愁的窘境。一口价，二钱银子。"

波尔多

波尔多是一瓶廉价红酒，这个名字是它自取的，来自超市里不断播放的精美广告。它肚子里只有半瓶酒液，因难喝被搁置。不过它很开心，去年被拔出木塞的时候，它听见自己发出了美妙的轻响，波尔多认为那是爱情来临的信号。

它每日都深情凝望那只冷酷的开瓶器，可直到被丢进垃圾桶，开瓶器也不知道它的名字。

求药

“我为求药而来，人命关天。”

女郎中抓着药篓竭力保持镇定。

“求大王一根龙角。”

黑龙眯眼瞧这个面色苍白的小大夫，故意一哼，小郎中嘴一撇就要哭。

这一下吓得黑龙手忙脚乱翻出剩下的角：“都给你都给你。”小郎中抓起龙角飞奔而去。

后来，山下镇子上隔三岔五就有一条黑龙甩起尾巴来敲药铺的门：“我给你抓了参精！会跑哦！你开门嘛！”

求药

明天是甜的

年底还在加班的女孩刚出公司，就看见公交站台上停了一节火车头。

“你来啦！”

戴着列车长帽子的狐狸从窗口伸出脑袋，笑眯眯地招呼她上了车。

小火车越过广场上欢呼的人群，直往西北方飞去。

“你要带我去哪儿？”她朝狐狸大声喊。

“快伸手！”列车长示意她伸手蘸一口太阳焦糖布丁似的光芒。

嗯，原来明天，是甜的。

小团圆

许多年后，她在海边雨季里，怀念北方故乡。

元宵节夜里次第绽开的烟花和风雪天煮着羊肉汤的铜炉，都变成了哄小孙儿的老故事。咬开糖葫芦时碎裂的糖壳好像还粘在牙床上，手上却已经爬满了皱纹。

算啦，她伸手关掉台灯，给早就熟睡的老伴儿掖被角。

窗外风雨声渐弱，她闭眼迷迷糊糊想，纵有缺憾，也算得上小团圆。

枕头怪

有一种会伪装成枕头的妖怪，每晚都揣着一张包袱皮四处溜达，实属精怪界的流窜犯。

手法是“嘎”一下丢掉你的枕头，再披上包袱皮取而代之。平时都看起来蓬松温暖，适宜打瞌睡，其实却是依靠吃掉人们临睡前浮在脑袋里的灵感为生的小偷。又萌又软，防不胜防。

唉，不说了，我先去报警了……

小尼姑

“没有情郎，就很可惜吗？”

已经发福变老的小尼姑一边把暄乎乎的白米糕都送上笼屉，一边对着寻上门的小戏迷好声好气地解释。她眯起满是皱纹的眼睛想了又想，最后拍拍两手面粉，很不好意思地承认，根本没什么青春爱人，她对红尘生出向往，不过是听见庵门外有小孩大声念相声贯口《报菜名》开始的。

秋蕈杂俎

三月的春水温柔，太阳是画师点在纸上的朱砂。

青衫公子伏案，偏头听翠鸟叽喳，右手执笔不时记录，没一会儿就积了一沓小楷。

“你还听了些什么？赵家的厨娘捉了个偷吃的饿鬼？然后呢？”

记录完毕又喂了它一把小米，这才送走了来讲故事讨食的小客人。伸伸懒腰，书生公子的长衫委地，化作老树根下一朵形如人耳的巨蕈。

桌上书页微乱，封面端正写着《秋蕈杂俎》四个字。

灶君

正月将近，灶君领着下凡公干的小童子沿着长安街慢慢溜达。虾仁馄饨和葱油饼的香味荡悠悠地拧成了一股毛茸茸的细草绳，直往小神仙的心口挠痒痒。

“这家的糖粥藕好吃，每年送灶我都会在这儿多待一会儿。”

灶君指着一处门脸想拉仙友进去。

“不啦。”

小童子一脸严肃：“这些吃食可都带着人间的烟火气，只怕今天就驾不了云了。”

末了还是有些不甘心，扯住灶君衣袖小声说：“不如……你给我买个小泥耗子？”

灶君

行家

白云山有一处小道观，极僻静，本没什么名头，不知怎么后山上有几株好茶树的消息慢慢传扬了出去，直说这里茶甘水洌，有幸得了一杯就能饮而忘忧，引得平日里来往的净是些茶客雅商，倒让众人几乎忘了这里也是修道问仙的所在。

这天傍晚，自山脚来了一位道友，头冠袍带无一不妥，反而看起来恭谨太过，让来接待的小道童紧张不已。

“不妨事，去烧茶。”

老观主只摆摆拂尘示意，留下松了一口气的道友和小童子在屋里沏水生炉，架壶烧茶。

滚水一浇，茶香四起，果真是忘忧！

全无心事的小道童吸吸鼻子，竟然睡过去了。再瞧那远道而来的客人，也早已将满腹盘算抛在脑后，仰头只顾在蒲团上快活地打滚。

观主轻轻推开门，摸摸蒲团上大胖猫的毛肚皮，又端起茶杯抿了一口：“上回那茶商家小儿子抱着的，是不是你？眼睛一瞬不瞬地看沏茶，也是行家。”

大猫伸爪够他的瓷杯子：“喵呜喵！”

此时远处茶林松柏连成满山苍翠，漠漠如织，风过处簌簌响成一片，万壑含笑。

信笺

新人鬼差的泊船位分在酆都车站北广场旁边，紧挨着岸上的苏氏饭馆。

三途河流经此地时轻飘飘地拐了个弯，恰好勾出一笔浪静风平的水域。百年前地府城区扩张时，这一带被划成了交通港，每日总有不计其数的蒸汽公车和单桅帆船裹着缭绕的雾气腾空而起，运送无常与鬼吏们外出执行公务。

才过了冬至又进腊月，清闲了没两天的鬼差重新忙活起来。年关将至，大批纸钱如潮水般涌来。噫，听前辈说那些个元宝大钞，叽叽呱呱，又不识路，总是聚集成一团嚷嚷着收款人的名姓，稍不留神就堵在进城的甬道上，得有鬼差一路迎着才好。

傍晚太阳将将落山，他便叼着包子上了单桅小船。起飞时又经过苏式小馆上空，胖老板正伏在门前的陶瓮上鼓捣着什么。

八成又是折腾他那蜜酿酒吧。小鬼差撇撇嘴，驾驶帆船驶离酆都。

月光清冷极了，映得平流层中云线如起伏绵延的泡沫礁石，毛蓬蓬浮在远空之海里。帆船前头高高的桅杆上悬出一星黄色灯光，在黑夜里明亮如巨鹰之眼，驱着一群嘈嘈切切、喋喋不休的纸折金元宝和黄纸钱，避开风雪往回赶。

眼见着黄泉近了，前头忽地一阵卷地风来，雪片陡然大了一圈。鬼差紧忙避开，却见那团雪片又涌至船头，叩得木板笃笃直响——竟是一大沓字迹工整的信笺！

领头的那张身上撒小梅花，吭哧吭哧攀上船舷，轻轻弯了弯腰："我们都是从各地零散着送上来的，我要去找苏胖。"

“我找元九！”

“我！我！我们几个要去见李子实！”

红格纸、梅花笺、熟宣……还有一些绿方格作文纸争先恐后地自报家门，鬼差皱着眉头把它们归置归置，都坐上了甲板。

等进酆都城交接了任务，银钱元宝都排队入库等着分发，船上的字纸们也熟门熟路地散进各处找人去了。

鬼差扯住路过的小会计，好奇地问道：“咱们这儿……有谁叫苏胖吗？元九又是谁？”

小会计一抖算盘，掀了掀眼皮：“车站北广场，苏氏饭馆的老板就是。”

那个成天琢磨着用蜂蜜酿酒，做红烧肉很好吃的山羊胡子老板？

小鬼差泊好帆船，上岸就往饭馆去。刚到门口就听见朗声大笑，探头朝里再看，桌案上那张梅花笺正被老板捧在手上细看。

“今年又是这个后生！”

老板捋捋胡子，笑眯眯地将信纸收进抽屉，窗前的梅瓶轻轻晃了晃，抽屉里又响起细盈盈一声：“何处无一碗鱼羹饭吃！”

长先生

大约晚上九点钟，长先生从墙上的挂钩处，准时滑进了躺椅。

油亮的剑鞘横在用竹片编的靠垫上，剑穗也照旧垂在一边，像是每个掀开白背心在月亮底下晾晒肚皮的饱汉那样，长先生看起来也很恣意。这是属于它的故事时间，学校小卖部的电风扇年久失修，咣当咣当摇头听讲，黄色的穗子搅在温热的夜风里，引得小猫不住去捞。

对了，长先生是一柄剑。

许多许多年前，长先生是被一个志在江湖的少年侠客带下山的。曾经它也是水里火里淬炼出来的绝好兵刃，配乌沉沉的鞘和师娘亲手结的穗，每晚师父都会挑亮了灯，用桐油来回擦拭剑锋。

出师那天，它贴在少年人薄薄的脊背上，望见万仞云层高处有一线夕照淌下来，兜头淋在常年云遮雾绕的山尖上。长先生激动极了，它拼命回想以前主人夹在书里偷看的武侠小说，那里头总出现一句台词：从此一去，就是江湖。

“后来呢后来呢？你怎么来了小卖部？”

货架上新搬来两箱饮料，最拐角那瓶伸长脖子追问，急得满肚子果子哗哗响。

“人间自有法度嘛。”

年轻的小老板盘踞在收银台前埋首吃辣油小馄饨，汤碗里浮着虾皮、紫菜和红油，煮得白透的小馄饨一口一个，他吃得满头汗，袖子也捋到肩头卷着——

“我爷爷那一套不大行得通了，动不动就喊打喊杀实在危险。陪我奶奶一块儿上公园打太极吧，它又不乐意，嫌旁人都是笨家伙，刃都没开，跌份儿。这就上咱们店里来镇着呗。”

长先生抬高了剑柄，新换的穗子甩上来，小猫喵呜一声跟着攀上躺椅，蜷在长先生旁边睡作一团。它满意极了，剑身在鞘中发出轻轻的嗡鸣。

当个精钢逗猫棒……也没什么不好嘛。长先生倚在靠垫上，小心翼翼地又碰了碰正在打呼噜的小猫。毛茸茸的短毛掠过硬邦邦的乌木，长先生忍不住又往那头挤一挤。

小老板抬头，瞥见那头泡面、烤肠、小面包们投在长先生身上的热烈目光，想起前天晚上有男孩子不给女朋友买雪糕吃，它闪着寒光撵出去二百米的飒爽英姿，有些好笑。

人间嘛，对吧？他举起餐盒仰脖一送，鲜醇白汤就都滑进了肚肠。小老板满意地咂咂嘴，晚自习快结束了，他得收拾着开门做生意去——

哎，还是人间好。

后记

桑缶谈

渐渐地，大伙儿都听够了、讲累了，慢慢沉入了梦乡，整艘船只有桑缶还没睡着。

夜航船晃啊晃啊，总也不靠岸，窗外的夜晚又浓又深，他们俩缩在被窝里悄悄说话，这段对话很有意思，现记录如下：

桑：“缶子？”

缶：“哎？”

桑：“你也没睡呀？”

缶：“老熊鼾声好响，睡不着。”

桑：“吃一点儿油酥馅饼吗？甜的，刚才船过百鸬湾时，小狐狸给的。”

缶：“吃！吃！”从被窝里伸出一只爪，“啊呜啊呜，还脆着呢。”

老桑树往旁边挪一点儿。

桑：“咱俩睡一个枕头！这样说话不吵着大家。”拍拍枕头。

缶：“好哎！”裹紧棉被蠕动。

桑：“钻过来了！一条棉被鱼！”摁住！

缶：“嘻嘻嘻……”拱，“你怎么也没睡呀？”

桑：“再拱就要拱到阿短了，我在想事情，睿智的长寿桑树是会想很多事情的，尤其是英俊的桑树。”

缶：“缶从来不想事情，也很长寿，哼！”把阿短往旁边踹一踹。

桑：“我听说一缶以八千岁为一春秋，赴渑池的宴席那天，你还是个小朋友，现在也是。”

缶：“是呀，但是和我一起埋进土里的很多家族长辈，有的碎了，有的还在睡觉，只有我跑出来玩了。”

桑：“在人间到处游荡，并且像初一一样，学习成为‘人’。”

缶：“桑呢？这趟船靠岸了，还要回四川修寺庙吗？”

桑：“要的，一棵树离家太远了，如果回不到根系所在地，就会枯萎。是时候回去了，小时候在四川的山林里长大，触目就是苍翠山野，山尖上滚过芦絮颜色的云，蝉肥大如树木果实，握在手里，六条腿不断挣扎。”

缶：“真好！”低头猛咬住桑手里的甜烧饼。

桑：“开茶寮的老人家……不，老树家认得我，他作法骗那些兵士时，要我变成扎发髻的小童，在旁边提酒壶。”

缶：“喔！好厉害！桑在更老的树仙面前，也只是小朋友啊。”

桑：“所有人在他面前，可能都是小朋友了，很好客的老树家，烈日下进山，披得一身簌簌的绿影，都是他在抚摩人的头顶。”

缶：“我只变成水缸在陶师傅家里待过两天，偷小龙的藕夹吃，其实那袋虾片，我也分得了一点儿。”

桑：“……狡猾！！我说你那天回家为什么不吃晚饭呢！”

缶：“嘻嘻嘻……”伸手又掰一片烧饼皮。

桑：“亏得我做了荷叶糯米鸡，敢情是在陶师傅家里吃过了。”

缶：“是你没有提前打招呼嘛！”继续掰，“回家了没肚子吃鸡，我也很痛心的！”

桑：“哼……荷叶糯米鸡，是我在扬州的画舫上跟着先生学的方子，先生带的那群小崽子里倒有个很像你的，傻乎乎的，只会追着先生跑，鼻涕快拖到下巴颏儿了。”

缶：“是我混进去待了一天……没办法，我观察过了，拖鼻涕的小孩先生才会抱。”

桑：“……太狡猾了，果然活了四千多岁就是不一样。”

缶：“……我，我想看看你出门干啥了嘛！”

桑：“啊啊啊啊啊啊，你偷看到什么了？”

缶：“偷看到你去敲先生的门，嘻嘻嘻。”

桑：“救命！做不了树了！”捂脸。

缶：“但是大家都要学画画，调墨汁，收集颜料，我手笨又懒，第二天就一轱辘滚走了，要不是今天大家在船上说故事，我才不晓得你去给先生开花啦！羞！”

桑：“……住、住口！！叶先生隔壁的编剧，不是你变的嘛！”

缶：“你瞎说！是……是道长去人间挣外快！”

桑：“哪儿有道行这么高的道长，能把大大小小的山鬼、江神、狐狸大仙、律令、地灵……都请来入剧的！想来想去，只有你这家伙超可疑。”眯着眼盯缶。

缶：“哎呀哎呀。”把烧饼推给桑，“桑吃，桑吃。”

桑：“叶先生做的阳春面又不好吃，又不会说好听的方言，穿衣服也很没品位。逗他有什么好玩的？”继续怀疑地盯。

缶:“不要说出来！”拼命捂住桑嘴，“他知道我在外面这样讲他，要生气的！”

桑：“叶先生生气了会怎么样？”戳一下，“把你横过来卡到栅栏中间吗？”

缶：“……往缶里灌点儿泥，养殖大头蒜。”

桑：“太惨了……动静太大，好像把秋蕈公子吵醒了！”用被子捂住缶，“并不想作为怪谈出现在他写的书里！”

缶：“桑呀，你说，卖梦的食梦貘老板，他自己做不做梦呢？”蠕动。

桑：“据推测，会！食梦貘也喜欢吃怀梦草蛋糕，大概都有想梦到的人吧。”

缶：“啊！蛋糕！这次结束了，我也想去买蛋糕吃，买一兜，每天睡前吃，希望可以梦见很久以前，我在渑池的事情，桑树做梦吗？”

桑：“……不做，比较勉强地说，不得不找食梦貘老板买梦。”

缶：“没有关系。”拍拍，“桑树长在山林里，还会走路，已经很像一个梦了。”

桑：“可能的确是谁的梦境，这艘船晃晃悠悠的，又有这么多奇怪的乘客……也像在梦里一样。”

缶：“对吧……我们俩当时是怎么上来的呀？真是稀里糊涂的，你掐我一下。”

老桑树掐了一下缶。

缶：“啊！好疼！”

桑：“在渡口，我们说要去城邑里，但是没什么钱了，打着灯笼的渡家就给了两张打折票。”

缶：“对，艄公说最后一班轮渡了，可以便宜些，就是乘客有点儿多，挺挤，自己占座位。”

桑：“……不只是有点儿挤……”

缶：“……好挤……”

桑：“幸亏老熊给挤出来两个铺位。”

缶：“不晓得一起上来的书生挤哪里去了，真可怜，这夜真长啊！桑。”

桑：“舷窗外面的渔火，映进来了，啊，路过城了！听到了寺里的钟声。”

缶：“要靠岸了吗？”伸头。

桑：“还没呢，才四更天，只是过这里的运河。”

缶：“才四更天？我老觉得，在这船上待了许久了，钟声真好听，桑树做过僧人，对吗？”

桑：“早就还俗了，果然还是放不下山下的辣兔丁，下了船，带你去吃我们那里的鱼，雪白的鱼片，非常嫩，在浅浅的大盘里，汤汁红辣，撒了大把剁碎的薄荷与芫荽，那边的米饭都用木桶盛着，客人自己添进碗里，因为收成好，驿站的米饭是绝不收钱的，迷路的刺客、劳累的驿使、投奔官家的门生，不拘谁进了驿站，讨一点儿米饭和跳水豇豆来充饥。”

缶：“驿站！是你扎根的西河驿吗？”

桑：“是的，还俗的理由有很多，辣兔丁，画舫的先生，每晚跟务相喝酒划拳，人间很值得喜欢的，为什么要追求超凡脱俗呢？”

缶：“听说务相很凶。”缩进被里，“也听说那里故事很多，人和妖、仙混坐一堂，谁挑事就会被务相揪住衣领子扔出去。”

桑：“务相笑起来像个老熊。”

缶瞅了一下沉睡的老熊。

桑：“先前他老上山找我下棋，前年端月初四，有几个醉汉去那边，打了洗莲花座的小和尚，还要跟佛像划拳，正赶上务相在庙里，一抬手给他们扔出去了！”

缶：“好厉害！果然像老熊！”

桑：“给他们吓坏了！哆哆嗦嗦滚下山，见人就指画着说庙里菩萨显灵。结果端月十五时候香火钱都添了不少，橘子、桃酥在佛龛前堆得有小山高！”

缶：“哈哈哈，菩萨千种面孔显圣在人间，这样说也没什么不对，真好，我明白啦。还不还俗，善恶都在桑树心里，外头亮起来了！”

桑：“钟声变远了！啊，是城里的灯！进城了！城好大啊！河岸雾蒙蒙的，蛋青色的清晨。”

缶：“还是不要睡了！桑你靠着窗户，能看见城市，可以把我端到你头顶上也看一看吗？”

桑：“看到临岸的楼了没有？那家是会用破掉的蹴鞠缝沙包的老太太住的！”把缶举了起来。

缶：“看到了！藏在晨雾里高高的楼宇！隔壁那种翘起来的屋檐是什么？”

桑：“那家是织女娘娘住的，那些屋檐像不像喜鹊的翅膀？”

缶：“像！”响亮地喊了出来。

桑：“每年七夕，屋檐都会扑扇着飞起来，飞入鹊桥中，织女踏在桥上时，檐头的风铃叮当作响。”

缶：“怪不得七夕时鹊桥搭得那样快，原来是替主人家省时间来相会，噢！有家早点铺开门了！”

桑：“嗯！是窗户上有桃枝花纹的那个住家！朱老板就住在他家后面，他家的玉兰饼、马蹄糕、豆花、枣泥花卷，都可好吃了。”

缶：“哈哈哈，朱老板没关窗户！看见他四仰八叉在睡觉了，我们进城后，先去吃饺面吧？还能和他说说话，听些新故事。”

桑：“好呀！想找他做身新衣服。”

缶：“替阿短问问，能不能做包袱皮？”

桑：“扯一点儿深蓝布料，上面有小梅花的那种，边角料给阿短做包袱皮和小短裤，白先生的娘亲带他避难过这里时，大概也是在这家买的枣发糕。啊，药铺的鹤大夫出门了！叼着今天要送到各家的药包，飞出院子了！会飞真好啊，好馋……”

缶：“一家很美的花圃！三角梅像瀑布一样！”

桑：“把河岸酿得红艳艳的！”

缶：“路过张大家了！要不要叫醒张大？”

桑：“葡萄架好茂盛啊，想进去偷吃。”

缶：“那我们吃完了饺面，买一盒枣泥花卷上门去吧，既然是客，应该就有葡萄吃了。”咽口水，“买了打折船票，还剩一点儿钱。”

桑：“又要吃饺面、又要买枣泥花卷、又要扯一丈花布做衣服、又要买一盒曾青颜料悄悄放在先生家门口……钱根本不够，贫贱桑缶百事哀……”

缶：“……所以说，后面没钱回去了，咱们一路当说书先生吧。”

桑：“不回去了，就住在这里吧，我顶着你卖艺，有看官愿意打赏两个钱的，就往缶里当啷扔两个钱。”

缶：“……百里射缶？”

桑：“胸口碎大缶！”看了一眼胸口很平坦，适合用来碎缶。

缶：“……不碎！！回炉重造很疼的！”

桑：“轰的一声砸碎了，会变成满地滚珠溅玉的故事吗？”

缶：“不会，会变成蒸糕、蛋黄酥、大肉包、蟹黄豆腐！”

桑：“捡起来吃！！突然有了徒步走回家的勇气。”

缶：“我攒了几百年的口粮！！！”伸手。

桑：“饿了就敲你！”

缶：“那好吧。”叹气，“真的敲碎了，记得把我撮起来，借个窑炉子重新烧我，或者跟张大多讨些锯钉，路上先暂时拼拼我……”

桑：“还是不敲了。”把缶举起来放到脖子上，“说书卖艺也是个好门路啊，不愁凑不出回家的路费的。”回头看一眼船舱。

缶跟着看一眼船舱。

桑：“把他们的故事写下来，让印坊印成小小的册子，在坊间讲一讲。”

缶：“小熊会生气吗？我们把他挨揍的事讲出去？”

桑：“小熊生气了会怎么样，嗷嗷叼着你的衣襟不让走？一罐蜂蜜就哄好了。”

缶：“老桑树，狡猾！！”

桑：“听，此起彼伏的鸡鸣，全城醒来了。”

缶：“天完全亮了。”

桑：“河中央粼粼的太阳光，真好看，沿着这条河航行，会到太阳上去吗？”

缶：“听说那上面很烫，还是去月亮上吧。”

桑：“月亮刚在湖里洗过澡，还挂着青荇藻和螺蛳。”

缶：“有鱼有虾！”

桑：“秋天这里的虾超级肥，青色的、透明的虾，纹络清晰。要是那时候我们回了家，就做虾宴请大家来吃。”

缶：“怎么运回去？”

桑：“借马良的纸笔来，用纸往河里一抄，捞出来时一纸的虾！回到家往缶里一抖，就扑通通全落到你肚子里面了，活蹦乱跳。”

缶：“前头那儿就是马良家了吧？我们待会儿得记得去求纸笔！”

桑：“想摸一下阿短尾巴做的那杆笔，画出来的笔触都会变柔软。”

缶：“外头慢慢吵闹起来了……好像是早市开了。”

桑：“今天初几？”

缶：“十五！”

桑：“哎呀，有灯会！十五的晚上，这条河会慢慢散发出酒香。”

缶：“倒是来对了！怪不得这一船客人，竟然没有一个中途下去的，通通倒头就睡直到进城。”

桑：“怎么还没到渡口呀？”

缶：“快啦！”踮脚。

桑：“船震了一下！水里有大鱼吗？”

缶：“不知道呀。”滚进桑怀里。

桑：“可能是地府的船，像倒影一样，行驶在我们船的下面，是来这里送甜点的地府工作人员吧？”

缶：“好像是！能看到驾船的牛头了！”

桑：“两艘船同时泊岸的话，一下船就能吃到热乎乎的蛋糕了！”

缶：“啊，食梦貘老板回来了。你看，从窗口钻进来的那个！”

桑：“他买到怀梦草蛋糕了！我数到三，我们就抢！”

缶：“吵到其他乘客怎么办？”

桑：“嘘，没看到整个船舱都已经醒了吗？各自埋伏在铺位上，虎视眈眈盯着蛋糕……食梦貘老板，众矢之的。”

缶：“啊……这些馋鬼！蠢蠢欲动！”抓紧床沿。

桑：“一！二！……嗷！”

缶："船靠岸了！"

桑："被震得摔了一跤！大家都摔倒了！横七竖八叠在一起……哎哟，我的老骨头……"

缶吭哧吭哧拽起老桑树。

桑："快收拾起来了！下船吃饺面！！"推推搡搡。

缶拉住瞬间变矮的桑树从老熊腿中间蹿出去！

桑："有好多事情要做！"

缶一跃而起蹲在桑头顶。

桑站在码头回头看看，晨光里的船是金色的。

缶："大家都纷纷散进早市的人群里了，走吧老桑，咱们去人间。"

桑："哎，拉住你的小爪爪。"

后来他们都回家了，带着满腹的故事和食物。

缶子试着把这一夜旅途中听见的散碎故事揉捏成团，写成一本故事书，老桑树削了一根掉落的树枝，蘸上墨水给故事书配上插图，他们把这本书命名为《枕上三千》，在各地的酒馆、茶摊、码头、饭庄中，向往来过客兜售。

不过大约是文笔不通，或者内容一点儿也不引人入胜的缘故，这本薄薄的故事集卖得并不好，老桑树不得已，只好夹着书去各地修整寺庙祠堂，糊墙糊窗时撕两页，有村里的孩童来看热闹时也撕两页，最后整本故事，都像他们到来时那样，散进天地间三千个梦境中去了。

图书在版编目（CIP）数据

枕上三千 / 夏缶著. -- 北京：北京联合出版公司，
2017.6

ISBN 978-7-5596-0357-9

Ⅰ. ①枕… Ⅱ. ①夏… Ⅲ. ①故事－作品集－中国－当代
Ⅳ. ①I247.81

中国版本图书馆 CIP 数据核字（2017）第 107492 号

枕上三千

作　　者：夏缶
选题策划：一本工作室
责任编辑：管文
整体装帧：熊琼工作室 熊琼＋龙梅

北京联合出版公司出版
（北京市西城区德外大街 83 号楼 9 层 100088）
北京盛通印刷股份有限公司印刷 新华书店经销
字数 160 千字 700 毫米 ×980 毫米 1/16 16 印张
2017 年 6 月第 1 版 2017 年 6 月第 1 次印刷
ISBN 978-7-5596-0357-9
定价：39.80 元

娘子的尾巴

书生提着一壶梅子酒和两包点心，正慢悠悠往家走，冷不丁被墙头上翻下来的道士抖了满头落花。

“噫，秀才，你这可是通身的妖气啊。”

那穷酸道士醉醺醺地冲他打了个酒嗝儿，两指拈着一张黄符就往他怀里塞，末了还拍拍他的领口，笑嘻嘻地挤挤眼：“拿这个烧成灰兑进茶水里给那妖物喝就成。”

说完转身就走，三两下身形一晃就没了影子，只空中远远传来他拖长腔调的一句：“看见尾巴可别害怕！”

“嗤，又一个多管闲事的。”

书生熟练地把那鬼画符用火石就地烧了扬进风里，气鼓鼓地吹了吹油纸包上沾的灰尘便继续往家走。少见多怪，他嘀嘀咕咕，像是很不服气。

“我娘子……我娘子的尾巴，好看极了！”

娘子的尾巴